Le secret des salamandres

Illustration de couverture : détail d'une toile de l'artiste peintre Jean-Jacques Félix.

Collection Le visible et l'invisible

Écodition Éditions
18, rue De-Candolle, 1205 Genève, Suisse
ecodition@gmail.com – www.ecodition.net
(Diffusion sur Internet)
2014, première édition
© 2014, Le visible et l'invisible SARL. Tous droits réservés.
ISBN : 978-2-940540-07-5

DOMINIQUE BASTIANI

Le secret des salamandres

Collection Le visible et l'invisible

ECODITION

À Mock

1

Les dentelles de Montmirail

*Aimes ce que tu as avant que la vie
t'enseigne à aimer ce que tu as perdu.*

Ama

Les vignes flamboyantes brillaient sur les coteaux efflanqués des Dentelles de Montmirail. Il faisait doux sous le ciel bleu, le long des sentiers sablonneux. Le sol, à la fois souple et rocailleux, courrait sur l'étendue sans fin des vallons. Les sommets rocheux semblaient reculer devant mon avancée.

J'éprouvais une certaine difficulté à me lancer dans ce périple, attendant toujours les signes d'une certaine saturation avant de partir marcher.

Pourquoi, à ce moment précis, ai-je pensé à notre ami Fred comme pour alimenter, encore un peu, la confusion toxique qui commençait à s'évanouir ? Ses paroles et ses plaintes me revenaient avec intensité. Ses propres mots résonnèrent dans ma tête comme pour enfoncer le clou d'une évidence sourde :

« Obligé de tricher, obligé de faire semblant... De dire ce que je ne pensais pas ou de ne pas dire ce que je pensais. De ne pas montrer ce que je ressentais. Il fallait que je triche avec sincérité, en étant de bonne foi. C'était une bonne triche, tolérée par la loi.

Le matin déjà, et, dès le saut du lit à 5 h 30, je n'étais pas arrivé à la salle de bains que j'avais mal au ventre ! Ça com-

mençait à me triturer rien qu'à l'idée que j'allais encore vivre une journée d'enfer.

Tous les jours sont des jours d'enfer. Je passe un instant au bureau puis je pars sur les chantiers. Stressé, je travaille comme une bête toute la journée. Quand je rentre chez moi le soir, il est 21 heures et je n'ai rien vu. J'ai reçu 25 coups de téléphone dans la voiture, j'en ai donné 18.

Le soir, vidé, séché, je n'avais plus rien dans les couilles, je n'avais plus rien dans les tripes, je n'avais plus rien dans le cœur. Mais j'avais été bien ! J'avais été compétitif, performant, rentable. J'avais joué mon rôle. J'avais fait tout ce qu'il fallait faire. Le tarif étant le même pour tout le monde !...

Je tombais toujours dans ce piège à cons et il n'y avait pas d'issue. Au début, ça m'arrangeait, j'avais l'impression de vivre, je n'avais pas le temps de m'attarder sur moi-même, sur mes états d'âme. C'était la fuite en avant. Nouvelles techniques, nouvelles façons de travailler, nouveaux investissements, nouvel avenir. J'étais préoccupé par mon téléphone de voiture, mon portable. Tout le monde m'appelait et de plus je m'imaginais être quelqu'un d'important ! Ça me rassurait parce que je croyais servir à quelque chose. Mais en fait, les gens appellent parce que le système est ainsi fait. Aujourd'hui tout le monde appelle tout le monde pour un oui ou pour un non. Finalement j'étais une espèce de merde dans un engrenage de merde, transmettant des messages pour faire marcher... Je ne savais même plus ce que je faisais marcher dans ces cas-là... Je passais mon temps à téléphoner, à engueuler les autres, à me faire engueuler, parce que tout le monde a peur de tout le monde. C'est une hiérarchie. C'est organisé. Mes employés devaient me rendre des comptes et je devais rendre des comptes à mes patrons. C'est un escalier, la première marche a peur de la seconde, la seconde a peur de la troisième et ainsi de suite jusqu'au 14ème étage. Une pyramide de peurs !...

Bien sûr, j'avais l'impression d'être reconnu socialement. On ne me disait pas « Bonjour » ni « Salut » mais « Bonjour Monsieur le Directeur ». Je passais à côté de tout parce qu'il fallait que je sois toujours le meilleur, toujours prêt, toujours plus fort que les autres, il fallait que j'aille toujours plus vite. On ne peut rien régler ainsi.

Aujourd'hui, je prends peu à peu conscience ; c'est dramatique ! Je suis complètement impuissant, désarmé, je ne sais plus où je suis. J'ai été une espèce de machine, c'est tout. La femme qui m'aimait me regardait mais je ne la voyais pas. Je l'aimais aussi mais je ne le savais pas. Tout cela aurait pu encore durer 10 ans, 20 ans... éternellement... Mais je reviens à la même case départ.

La fuite devient moins facile. Je commence à voir mes limites. Je me suis même aperçu, un matin de printemps, qu'il y avait autre chose ; il y avait un arbre en fleur puis les saisons passaient et les couleurs changeaient... ».

Les paroles de Fred, avec leur potentiel de désillusion, laissaient pourtant entrevoir un espoir de transformation de sa nature obstinée et matérialiste.

J'arrivai bientôt sur une plate-forme où poussait un vieux chêne. Les collines alentour semblaient rouler les unes sur les autres. L'horizon s'ouvrait à cent quatre-vingts degrés sur les reliefs ocre et le bleu azur du ciel. J'avais atteint ma terre sacrée.

Assise au sol, j'essayais de contempler le tableau de Maître vivant qui s'offrait à ma vue. Le temps et l'espace semblèrent se distendre et les derniers soubresauts d'une fatigue mentale laissèrent échapper quelques pensées irritantes qui s'évaporèrent aussitôt.

Je m'allongeai dans l'herbe à l'ombre du chêne et la terre sembla me contenir et me bercer. Je compris alors que seul l'élan vital qui m'avait été donné, dès la naissance, pouvait me permettre de retrouver un équilibre fondamental. C'était parce que j'avais perdu la résonnance de cette vibration que le monde extérieur me submergeait par ses agressions, mobilisant au fond de moi-même des instincts anarchiques de défense.

Je perdais sans cesse mon centre sacré et devenais une marmite pleine d'émotions bouillonnantes qui engendraient le désordre intérieur.

Quand le rythme propre à la vraie vie resurgissait sur fond de désordre, une dimension originelle reprenait place. Elle ne pouvait pourtant renaître qu'à partir de ce centre intime que je m'employais à bafouer. J'avais trop sagement intégré la négation de l'essentiel au profit d'une rationalité occidentale engluée de conformités, sans doute un peu comme Fred et peut-être comme beaucoup de monde aujourd'hui.

Avoir en soi une exubérance de facultés et ne pas savoir que faire d'un excédent de sensibilité et de sentiment me faisait souffrir d'un mal inconnu. Je n'aimais rien et pourtant j'étais faite pour tout aimer. Je ne croyais en rien et pouvais tout aussi bien croire à tout ; j'étais bonne à tout, je n'étais bonne à rien…

Le temps passa et une sensation exquise émergea comme un songe spirituel d'où toute souffrance était bannie. Une impression prolongée de ne penser à rien, l'esprit et le corps vides qui bientôt se laissèrent posséder par les éléments.

Je cédais volontairement à l'attraction de la terre sur laquelle je reposais. Le transfert de ses forces dans mon corps s'accomplissait comme une alchimie subtile. Je la sentais vivre et vibrer. Ma conscience se promenait dans sa texture vivante avec volupté, pour bientôt s'y confondre, enveloppée corps et âme dans sa plénitude, de façon à n'être plus qu'une seule et même matière. Le ciel étendait son manteau bleu comme une mer. Le soleil s'était déplacé et inondait mon corps de terre. Je vivais le feu, m'harmonisant à sa nature propre pour ne faire plus qu'un avec lui, unifiant ma conscience à la sienne comme une goutte d'eau qui rejoint une autre goutte d'eau.

Réunifiées, les dualités de l'existence s'effaçaient ; plus d'affrontement, plus de combat, plus de blessure. Les différences ne n'opposaient plus, mais entraient en communion par le meilleur d'elles-mêmes. Une force de germination unifiait l'infinité des possibilités de la vie.

L'air, avec ses micros-bulles translucides qui s'agglutinent et se défont pour se refaire, me conduisait sur le souffle imperceptible du vent. Et sur ses ailes, j'atteignis un nuage blanc, humide, isolé au milieu du ciel bleu. Confondue avec l'infinité des choses dont je faisais partie depuis la nuit des temps, je ne regardais plus rien de l'extérieur, je me sentais faire partie du tout. Je n'avais plus de but, j'étais dans le but.

Les éléments parlaient un langage que l'homme ne pouvait percevoir qu'à l'écoute de l'harmonie primordiale. Avec le ciel qui l'anime et la terre qui le nourrit, la nature soutenait en l'Homme ses capacités de transformation. Ce jour-là, il m'est apparu que si notre territoire est la Terre, notre véritable territoire est notre corps dont la terre n'est que le terrain d'expérimentation.

Le monde inconnu que j'appelais de tous mes vœux à l'extérieur était bien à l'intérieur de moi.

Quand les éléments s'animent et expriment leur langage à cette partie d'elle-même que nous sommes, c'est dans notre corps que nous les percevons. C'est dans notre corps que se manifeste l'invisible quand l'heure est venue et qu'il nous faut changer dans notre conscience.

Pourtant, notre mental résiste à ces pressions terrestres et cosmiques comme si tout notre équilibre en dépendait. Quand une poussée de transformation se manifeste au service de notre survie, quand l'esprit doit changer de dimensions et abandonner ses pensées périmées, c'est l'angoisse ! L'esprit court alors vers le monde extérieur y chercher des coupables et des explications. Il analyse, rationalise, essaye de comprendre. La terre en lui se durcit dans cette compréhension et le mental trouve des origines et explique tout. La roue de la vie ne cesse de tourner autour de milliards de compréhensions, et nous fabriquons sans cesse des incohérences pour n'intégrer qu'un chaos critique qui nous éloigne toujours plus de notre essence.

J'aurais pu rester une éternité confondue dans une plénitude qui suffisait, à elle seule, à combler tous les vides de l'existence. Mais les heures avaient épuisé leur course sans que je m'en rende compte. L'éclat du soleil s'affaiblissait au couchant.

La journée s'étirait et il me fallait redescendre vers la plaine. Lançant un dernier regard au chêne sur sa butte, je dévalai, alerte, les hauteurs sur lesquelles je m'étais perchée et m'enfonçai dans les vallons. La nature dégageait une luminosité ambrée semblable aux effluves d'une terre nouvelle après l'orage. Mes pas étaient légers et semblaient effleurer le sol.

Je roulai paisiblement vers Orange. Le soleil couchant incendiait l'horizon et un confort sécurisant m'envahit. En arrivant à la périphérie de la ville, je pris la direction de chez Fred ; mes pneus crissèrent bientôt sur le gravier devant sa maison.

2

L'indifférence de la différence

L'absence au fond des yeux comme seul refuge.

L'obscurité précoce du début d'automne avait englouti le quartier. Les arbres alentour dessinaient des ombres chinoises sur le fond du ciel. J'ai sonné au portail et me suis engagée vers la porte d'entrée que j'ai ouverte sans frapper tout en appelant mon ami Fred. Le son de sa voix a résonné dans le couloir :

— Entre, je suis dans la chambre !

La pièce était surchauffée.

Livide et allongé sous une couette, je trouvai Fred recroquevillé sur son lit. Des cernes noirs marquaient son visage et sa tête reposait immobile sur un gros oreiller. Il m'a souri sans bouger, tournant les yeux vers moi avec prudence comme si son corps tout entier était figé dans un moule invisible.

— Qu'est-ce qui t'arrive ?

— J'ai fait une chute de moto en début d'après-midi. Ce n'est pas grave. Je n'allais pas vite, j'ai simplement glissé sur le dos. L'hôpital a fait tous les examens nécessaires. Je n'ai rien de cassé, je vais m'arrêter huit jours, ce qui me permettra de me reposer… Depuis que Kathy m'a quitté, je suis complètement déboussolé. Je ne comprends pas pourquoi elle est partie… J'étais prêt à tout recommencer, à prendre le temps de m'occuper d'elle. Nous avions un projet de voyage et puis… J'ai rien compris… Elle m'a annoncé qu'elle me quittait ! Pour personne, en plus. Qu'est-ce que tu en penses ?... Elle va revenir ?

— Bien sûr, elle revient toujours.

La vie de Fred était transparente et il était le seul à ne pas s'en apercevoir.

J'avais prévu d'aller à Paris la semaine suivante. Ce dernier voyage dans la capitale devait clôturer trois années de formation. J'étais heureuse d'en finir mais mon avenir professionnel restait vague et confus. Au courant de mon déplacement, Fred m'avait demandé de faire un saut à la mairie du vingtième arrondissement. Il recherchait les actes de naissance et de décès de son père biologique, mort très jeune et qu'il n'avait jamais connu.

Après tant d'années sans se poser la moindre question, Fred éprouvait soudain le besoin d'aller fouiller du côté de ses racines familiales paternelles. La perspective de trouver une simple date et un lieu sur un extrait d'état civil avait déjà commencé à mettre le feu à son imagination.

— De toute façon, quelqu'un qui n'a pas de problèmes d'identité ne peut pas comprendre, dit-il comme pour se justifier.

Ce n'était pas parce que l'on avait des racines que l'on n'avait pas de problèmes d'identité pensais-je… Mais je me tus devant sa mine affectée.

Visiblement en proie à des émotions débordantes, les yeux mouillés de Fred luisaient lorsqu'il regardait fixement le plafond.

— J'aurais aimé le connaitre… pour pouvoir m'engueuler avec lui, finit-il par exprimer.

— Tu devrais te reposer. Je me demande jusqu'à quel point nous sommes capables d'accepter la soumission à un système de fonctionnement qui nous détruit. Le système n'est pas forcément extérieur. Parfois on se rencontre, puis on se perd de nouveau. Le plus important, c'est de pouvoir toujours se retrouver, même si nous nous reperdons, parce que nous nous perdrons fatalement !

— Ouais… Pense à jeter un coup d'œil à mes radios avant de partir.

Les instruments étaient devenus les références de la norme du corps. Ils avaient pris le pouvoir sur le vivant. Plus besoin de parler du corps, il était devenu virtuel. Fred était dans un état pitoyable, mais il continuait à se nier, à ne pas écouter sa source. Il semblait dissocié ; il y avait lui et puis son corps qui n'avait rien puisque les appareils l'avaient dit.

Son accident n'était pas innocent, bien que ses examens fussent normaux. Les valeurs subjectives et affectives de sa situation ne pouvaient pas être mises dans un ordinateur. C'était artistique… dans le sens où la thérapie pouvait être un art. Par ailleurs, les campagnes de prévention qui faisaient tapage semaient le doute et l'inquiétude.

La médecine préventive insinuait la crainte de la maladie, ce qui remettait en cause la fiabilité du corps, de même que l'absence de maladie. Paradoxalement, le combat contre la mort ou sa négation s'installait au détriment de la vie. L'homme ne se réparait pourtant pas comme une voiture.

On frappa à la porte et Fred répondit :

— Ouais, entre.

Le ventre en avant, Pops s'avança nonchalamment tout en fredonnant un air d'opéra ; « *l'air de la fleur* » du ténor dans *Carmen* que je reconnus. Quand il me vit, il s'arrêta de chanter et son visage rond s'éclaira en guise de bonjour. Il m'embrassa et tira un fauteuil vers lui sur lequel il se laissa tomber de tout son poids. Je ne l'avais plus vu depuis quelques mois. Ses cheveux courts et sa barbe grisonnante naissante lui donnaient une allure plus jeune. Il prit un air soucieux en regardant Fred.

— Comment tu le trouves ? demandai-je à Pops en faisant un signe de tête vers le lit sur lequel se reposait notre fébrile ami.

— Pas terrible, répondit-il le regard détaché.

Fred afficha un sourire affectueux à son intention.

— Qu'est que tu vas encore nous sortir aujourd'hui ?

— Rien… J'ai trouvé tes machins pour réparer ta clôture. On fera ça… Je ne sais pas quand.

Pops souleva ses épaules qu'il laissa retomber lourdement. Sa présence remplissait à elle seule la pièce. Pourtant il parlait peu. Je lançai un regard complice à Fred et posai la question magique :

— Pops … Qu'est-ce que tu sens ?

Il ne répondit pas, une grimace déforma sa bouche et il haussa de nouveau les épaules, absorbé par les méandres de ses perceptions intraduisibles. Pops était un être particulier. Il pouvait parler, vivre de manière indépendante, mais restait pour autant hors d'atteinte. Sa manière d'entrer en relation et de communiquer était spéciale. Pops avait un cerveau construit différemment. Un genre de « *Syndrome Asperger* »[1] version

---

[1] Syndrome autistique de haut niveau, caractérisé par des difficultés de communication et de rapports sociaux.

détecteur sismique ; le don de détecter les tremblements de terre à des milliers de kilomètres, juste avant qu'ils ne se produisent à la surface de la croûte terrestre, faisait de lui un prédicateur à la bonne franquette. Nous connaissions tous sa personnalité et ses dérives psychologiques et nous l'acceptions comme il était, avec son grand cœur et sa bonhomie. Pourtant, l'expérience nous avait amenés à constater la justesse de ses perceptions. Quelques jours avant les séismes, il entrait en transe de manière imprévisible.

Le souvenir du soir du 10 mai 2008 était resté gravé en moi. J'avais assisté à sa crise. Ce soir-là, une transe subite l'avait secoué. Pops était venu chez nous évaluer des travaux ; nous buvions un verre dans le salon quand, soudain pris de panique, il saisit mon bras. Tout était calme. Anxieux, il me demanda : « *Tu sens rien ?* » Balbutiant des mots incompréhensibles, il dit que tout tremblait et que ça allait s'écrouler. Hagard, il avait regardé le plafond et une transe l'avait secoué. Je n'avais pas compris ce qui lui arrivait mais j'avais ressenti la panique incompréhensible qui l'avait ravagé ce court instant. Si bien que mon premier réflexe fut de penser que ma maison allait me tomber sur la tête. Sans réfléchir, j'avais demandé : ici ? Tout va s'écrouler ?

Secoué par des tremblements, Pops avait eu le regard fuyant et l'air absent. Il s'était détendu ensuite et avait repris un comportement naturellement nonchalant et absorbé comme si rien ne s'était passé.

— Non, pas ici, avait-il répondu avec un temps de retard.

Deux jours plus tard, les médias annoncèrent le tremblement de terre de la province de Sichuan en Chine. Il avait eu lieu le 12 mai 2008. Le bilan fut de 70 000 morts et 374 000 disparus…

D'autres transes secouèrent Pops de la même façon, juste avant tous les séismes qui suivirent cette année-là. Pops était particulièrement sensible aux vibrations et à d'autres dons, tout aussi déroutants mais qui faisaient pleinement partie de sa personnalité.

Il captait des fréquences vibratoires imperceptibles au commun des mortels et sentait les mouvements sociaux avec prémonition, ce qui lui faisait parfois entrevoir des scenarii apocalyptiques.

Il partait alors dans des discours éthérés, préconisant la fuite hors des villes et la recherche de refuges en haute montagne. Il avait lui-même prévu d'investir dans l'achat d'une yourte. Sa camionnette était toujours chargée de matériaux et de vivres, prête à quitter précipitamment la vallée du Rhône pour rejoindre les Alpes. Mis à part ses passages déconnectés, il menait une vie pleine de bons sens avec Sophie, sa femme, non loin de chez Fred dans la campagne environnante.

Leurs deux derniers enfants vivaient avec eux, les six autres étant adultes. Pops aspirait spontanément à soulager la souffrance. Son énergie sur le plan matériel s'exprimait par une émotion difficilement gérable qui s'appelait l'Amour. Il avait peu de relations humaines. Il s'était attaché à soigner les animaux abandonnés qui arrivaient toujours chez lui éclopés, comme aimantés par cette ferme de la providence. Tout en restant sauvage et inabordable, Pops était toujours prêt à aider tous ceux qui lui demandaient un service.

Fred s'était attaché à lui.

— Pops, qu'est-ce que tu sens ? lui demanda encore une fois Fred, en plaisantant.

Pops répondit par une grimace.

— C'est bon… Pas de tremblement de terre en vue ! répondit Fred en souriant derrière sa mine pâle.

J'ai également souri avec indulgence.

Comme s'il avait perçu le vol d'un moustique, Pops se retourna vivement vers moi :

— Alors, et toi ?... Tu t'en sors avec ta maison hantée ?

Je suis restée muette. Pops a éclaté d'un rire sonore qui a résonné dans toute l'habitation puis s'est arrêté net et, de manière imprévisible, est passé du coq à l'âne.

— Si vous voulez des poires, vous pouvez aller en ramasser tant que vous voudrez avant qu'elles pourrissent.

— Pourquoi ? Tu ne les vends pas cette année ? demanda Fred.

— Ça ne sert à rien... Ça coûte plus cher de les ramasser que de les vendre... C'est fini tout ça...

— Ouais... Et de quoi vous allez vivre ?

—T'inquiète !... On mange, c'est le plus important... Je vais rentrer, Sophie doit m'attendre. Je reviendrai demain pour ta clôture, je pourrai me débrouiller seul, repose-toi.

— Merci Pops, à demain.

Je pris aussi congé de Fred après lui avoir promis de m'occuper de son acte d'état civil à Paris.

**

Pops était sorti de la maison de Fred et s'était engagé sur l'allée goudronnée qui ceinturait le lotissement de villas. Au détour d'une courbe, entre deux plants d'agaves, il quitta la voie principale, enjamba un muret en pierres et descendit un talus de terre et de broussailles. Il avança sur un sentier invisible qui se noyait dans un champ d'herbes hautes. Il s'enfonça dans l'obscurité tout en chantant à haute voix un air de « *La forza del destino* », opéra de Verdi.

Traçant son chemin à travers l'herbier de manière, très à l'aise quant à l'orientation qu'il suivait, il déboucha bientôt sur une petite ferme isolée. Des chiens se mirent à aboyer, puis à gémir en entendant la voix familière résonner dans la nuit. Pops les gratifia de caresses puis passa sous un porche qui débouchait sur une cour intérieure de ferme.

Un grand hangar ouvert offrait son espace vide d'un côté de la cour et ce qui avait été jadis un enclos à cochon en ciment meublait l'autre côté. Sur une façade délabrée se détachait une porte en bois vétuste et un mur décrépi.

Pops poussa la porte et entra. Sophie lui sourit et continua à s'occuper dans la cuisine. Sur un canapé de cuir râpé, quatre chats s'étaient lovés dans une couverture. Il les déplaça doucement pour se faire une place et s'assit à côté d'eux sans les déranger. Il regarda l'aquarium disposé face à lui. Une eau verdâtre grouillait de poissons exotiques minuscules au milieu de plantes aquatiques évanescentes.

Pops ne bougea plus. Son regard palpa une matière dense invisible, puis sembla naviguer dans une brume opaque comme un vaisseau fantôme sur l'océan. Deux adolescents traversèrent la pièce en discutant sans lui prêter attention, puis disparurent. Sophie enleva son tablier et détacha sa longue chevelure auburn qui coula sur ses épaules. Elle s'approcha de son mari et s'accroupit sur le sol près de lui, posa délicatement sa main sur son genou et lui parla de la voix douce qui la caractérisait.

— Ils sont encore venus tout à l'heure. Ils étaient trois. Ils reviendront demain.

Pops ne bougea pas un cil, son regard resta attaché à poursuivre ses voies intérieures. Sophie se releva pour se diriger vers la cuisine, elle revint déposer un gratin de pommes de terre, de la salade et un plateau de fruits sur la table.

— Nous allons passer à table ! dit-elle.

Le lendemain, Pops gara sa voiture dans le centre-ville d'Orange dans le parking gratuit. D'un pas alerte, il s'engagea dans les ruelles en fredonnant « *le brindisi de La Traviata* ». Il traversa la place de la mairie et s'engagea dans la rue Auguste Caristie, du nom du célèbre architecte qui publia une étude exemplaire du Théâtre Antique et en dirigea les travaux de restauration au XIXe siècle.

En arrivant au bout de la rue, il se trouva face à l'impressionnante façade extérieure du prestigieux théâtre. Pops s'arrêta de marcher et contempla le monument. Une fois de plus, il recompta les dix-sept portes encadrées de pilastres et les vingt et une arcatures qui rythmaient le troisième niveau. Il se dirigea vers la droite et franchit le passage à travers l'épaisseur du mur pour se retrouver à l'intérieur, près du gui-chet. L'hôtesse d'accueil lui remit un ticket d'entrée à tarif réduit, puis il disparut dans les dédales de pierres vieilles de deux mille ans.

Sophie, du haut de sa grande taille, avait noué ses cheveux au-dessus de sa tête. Elle se tenait bien droite face aux trois hommes en costume qui avaient pris place à la table de la salle à manger. Elle était digne et calme. Une fois de plus, elle avait écouté les discours entendus qu'ils s'évertuaient à lui répéter.

Franck Garcia desserra sa cravate et laissa échapper un signe d'impatience. Ses tempes grisonnantes et ses yeux bleus lui donnaient une allure de jeune premier mais son pouvoir de séduction était en panne d'inspiration… Il ne savait plus quoi faire, mis à part essayer d'imiter le calme olympien de Sophie.

Gilles Martin jouait le décontracté et faisait des efforts pour se détendre et paraître naturel. Il se passa la main sur son crâne marqué par une calvitie précoce, rajusta ses lunettes et prit un air innocent comme pour feindre l'incompréhension.

Quant à Jean Duplan, il resta hermétique ; mince et sec, ses yeux noirs ne laissaient rien passer de ses états d'âme. Il semblait avoir du recul sur la situation à moins qu'il ne cherchât la faille encore inexploitée.

Gilles Martin reprit la parole :

— Madame ! Vous devriez raisonner votre mari... Notre proposition est une opportunité qui ne se représentera jamais plus à vous. Réalisez la somme d'argent que nous vous proposons ! Et puis où est-il ? Cela fait plus d'une heure que nous l'attendons !

— Il ne va pas tarder, répondit-elle gênée.

L'ambiance était lourde et tendue. Sophie semblait attendre avec une patience innée que son mari revienne sans pour autant envisager une issue favorable aux requêtes des trois hommes qui les harcelaient. Pops les avait même déprogrammés de son cerveau.

Devant la bienséance et le calme de leurs interlocuteurs, les trois individus s'obstinaient en présageant une faille qui, fatalement, les conduirait à signer leurs documents.

Leur ascendant social sur Pops et Sophie les confortait dans une position de supériorité évidente, d'où certaines formes de domination qui passent parfois par des variations de tonalités presque indétectables.

Quinze minutes plus tard, les chiens se mirent à aboyer. Le bruit d'une voiture résonna dans la cour. Les visages des trois hommes se détendirent comme dans un soupir et, une force nouvelle sembla les remplir d'énergie. Pops ouvrit la porte et entra. Les trois hommes se levèrent.

— Bonjour Monsieur Duvivier.

— Bonjour.

— Où étais-tu ? demanda Sophie.

— Au théâtre, répondit Pops.

— Vous faites du théâtre ? demanda Jean Duplan.

— Non.

Pops s'assit à la table près de sa femme et balaya d'un vague regard les trois hommes installés face à lui. Franck Garcia prit la parole :

— Nous supposons que vous avez réfléchi à notre proposition. Donc, si vous le désirez, nous pouvons refaire un point pour faire avancer les démarches administratives. Vous comprenez n'est-ce pas ?… L'offre que nous vous faisons peut bien sûr être encore discutée, c'est la raison de notre visite. Est-ce que le prix vous convient toujours?…

Pops ne bougea pas, Gilles Martin renchérit dans un regain d'énergie :

— Bon, très bien. Faites-nous une proposition. Nous vous en offrons cette somme, elle est écrite là, sur ce document… Vous réalisez ? Avec cet argent vous pouvez vous racheter une maison moderne avec tout le confort.

— Et on mangera comment ? répondit Pops.

— Il vous restera également de l'argent pour voyager si vous le désirez !

— Et les terres sont comprises dans le prix, bien sûr !

— Oui ! Le terrain agricole, ça ne vaut rien. Vous le savez bien !

— Qu'est-ce que vous voulez faire au juste, à la place. Un centre commercial ?

— Ce n'est pas encore défini. Mais vous savez, ne rêvez pas. La ville s'étend et votre propriété se retrouvera bientôt encerclée par les habitations. Si c'est la ville qui préempte, elle ne vous la payera rien du tout. Vous avez une chance inouïe que votre propriété nous intéresse, avant que vous ne soyez expropriés par la ville. Ce qui arrivera tôt ou tard.

— Vous le savez, vous, ce qui arrivera tôt ou tard ?... dit Pops, sortant soudain de son abattement.

— Euh… Oui ?... Donc, faites-nous une proposition de prix.

— Vous avez un crayon ?

— Oui Monsieur Duvivier, tenez !

Pops prit le stylo, rajouta une longue suite de zéro derrière le chiffre mentionné puis le reposa sur la table devant les trois hommes découragés.

— Vous savez compter Monsieur Duvivier ? Vous venez d'écrire cent cinquante milliards d'euros, releva Jean Duplan.

— Ce que vous ne comprenez pas, parce que vous vous en fichez, c'est que ça veut plus rien dire vos conneries… C'est plus d'actualité…Vous allez contre un mur… Sans la terre pour se nourrir, on ne pourra pas survivre ! Qu'est-ce qu'on ferait dans une belle maison, sans revenus pour payer les charges et sans jardin pour cultiver ? Ici, j'ai un puits et un groupe électrogène et je nourris toute la famille. Et si on ne mange pas de viande, c'est pour une raison précise.

— Ethique, précisa Sophie.

— Ce qui arrivera tôt ou tard, c'est que vos centres commerciaux seront dévastés, pillés par les gens des villes affamés et par tous les paysans à qui vous avez volé les terres et leurs âmes. C'est la grande mutation qui a déjà commencé, les gens comme vous, ça ne comprend rien… Il faudra attendre que le monde aggrave sa déchéance pour vous ouvrir les yeux et le reste. Un jour, certaines étoiles viendront ensemble en une seule rangée. Comme ça s'est déjà produit il y a longtemps. Et ce sera un grand nettoyage pour la terre. Il se peut bien qu'un matin, le soleil se lève à l'ouest. C'est comme ça... C'est tout.

Franck Garcia ferma les yeux et exprima un long soupir de découragement. Glacial, Jean Duplan garda un moment son regard fixé sur Pops comme sur un insecte sous un microscope, il rangea enfin ses documents dans une serviette en cuir. Aux prises avec une agitation nerveuse qu'il n'arrivait pas à maîtriser, Gilles Martin se leva le premier. Blessé dans son amour propre, il se réfugia dans une attitude hautaine et dédaigneuse pour prendre congé.

— Monsieur Duvivier, nous allons vous laisser. Réfléchissez encore... Si vous changez d'avis vous savez où nous joindre, lança Franck Garcia avec un geste de lassitude.

Quand ils furent partis, Pops se tourna vers Sophie.

— Je mange un morceau et je retourne au théâtre. Il ferme à cinq heures.

En début d'après-midi, Pops gagna le centre-ville et alla se garer Cours Saint Martin. Il longea la rue Pontillac, passa sous l'arceau ouvert du mur du Forum Romain et se retrouva face aux ruines du temple situé dans l'hémicycle qui jouxte le Théâtre Antique. Il traversa la chaussée, jeta un coup d'œil vers la façade extérieure imposante du théâtre sans s'attarder et rejoignit l'entrée. Il s'engagea à l'intérieur vers le guichet pour prendre son billet tarif réduit. La jeune femme de la caisse le reconnut.

— Bonjour, vous êtes déjà venu ce matin !

— Oui.

— Votre billet est encore valable. En plus vous êtes Orangeois, vous pouvez passer.

— Merci.

Face à lui, les hautes marches d'un escalier antique s'élevaient vers un sommet abrupt. Pops commença à le monter péniblement. Le temps de reprendre son souffle, il put admirer une nouvelle fois le Sanctuaire en ruine et les murailles de l'édifice.

S'engouffrant ensuite dans le tunnel déambulatoire de l'*imma cavea*, il en ressortit par un vomitoire ouvert sur les gradins et se retrouva au centre de l'hémicycle. Face au mur de scène de trente-sept mètres de haut, avec ses niches, ses vestiges de colonnades et la statue de l'empereur, il s'arrêta. Il écouta le silence, posa sa veste sur un gradin puis regarda les sept mille places vides autour de lui. La statue colossale de l'Empereur Auguste nichée dans le mur de scène lui fit face. Pops s'assit sur un gradin, posa ses deux mains sur les genoux et respira profondément.

**

Aurasica... Arénis...Cherche l'écho, l'écho des mots seulement... Retiens l'écho, celui qui contient l'essence. Pose ta main sur le mur qui descend au sous-sol. Dis-lui que tu as compris. Dis-lui que tu sais qu'elle t'observe et que tu vas trouver un nouveau regard.

Réveillée en sursaut, je me suis exclamée à haute voix :

— Qui c'est ELLE ?

— Qu'est ce qui t'arrive ? demanda Patrick soudain éveillé.

— J'ai fait un cauchemar.

— Encore ! Rendors-toi, c'est ton système limbique qui se purge.

26

Impossible de me rendormir. Mon subconscient me parlait dans mon sommeil. Je regrettais notre ancien appartement douillet. Je n'avais jamais formulé le souhait, de toute ma vie, de revenir vivre dans cette maison. Suite à des circonstances successorales, nous avions finalement décidé, d'un commun accord, de nous y installer. L'espace et le jardin étaient tout ce dont rêvait Patrick, lui qui avait l'impression d'habiter à l'hôpital. Je ne comprenais plus ce qui m'arrivait. J'avais l'impression de perdre le contrôle sur tous les événements. Ma conscience s'illuminait parfois d'une joie indicible puis se voilait de nouveau d'un masque obscur.

L'orage grondait. Je me levai pour aller colmater, d'une serviette éponge, la fenêtre de la chambre afin que l'eau n'entre pas par les interstices. Puis je rejoignis la cuisine à la recherche d'un seau que j'allai placer dans le cabinet de toilette d'une autre chambre. Le plafond percé laissait s'écouler l'eau de pluie qui traversait les combles et gouttait à grand fracas sur le carrelage. Il ne faisait pas encore froid. Le vent du Sud amenait la pluie, mais aussi la douceur.

J'appréhendais l'hiver. La vieille chaudière n'arrivait plus à chauffer la maison et il fallait trouver une solution avant que la rigueur climatique ne s'installe. Patrick envisageait de rénover avec passion, mais il n'avait jamais le temps de s'y mettre vraiment.

Je croyais n'avoir jamais investi les lieux affectivement. Ma famille avait été tellement brisée depuis quelques décennies que je pensais avoir tourné la page. Je voulais mon passé mort à jamais mais, un tourment me chuchotait à l'oreille que ne pas faire de choix, c'était aussi faire un choix. Afin de ne pas rentrer dans des conflits familiaux qui remontaient à plusieurs générations, j'avais laissé faire les circonstances.

D'aussi loin que je me souvienne, je me rappelais n'avoir jamais eu de prise sur les événements. Je m'étais toujours considérée comme inexistante et sans consistance dans ce panier de crabes. Inconsciemment, j'avais toujours tenté de réparer le chaos familial sans jamais y parvenir. Puis, je m'étais enfermée dans une bulle semi-autistique en épousant un métier de curé comme pour sublimer mon impuissance à créer un monde meilleur.

Vaste désillusion. Le passé révolu suintait des murs, m'engluant de nouveau dans sa toile d'araignée, libérant sa macération d'opium. J'avais peur des lieux, n'osais circuler seule librement, appréhendais chaque encoignure de couloir, chaque pièce sombre.

Une odeur particulière m'assaillait quand je m'approchais de l'appartement de ma grand-mère, décédée trente ans plus tôt. A moins que ce ne fût celle du polyester qui me troublait confusément ; l'odeur de la résine avait imprégné mon enfance pendant des années et elle semblait encore se diffuser dans le sous-sol désaffecté. Je revoyais la blancheur immaculée des rouleaux de laine de verre que j'aimais caresser malgré les irritations que le tissu infligeait. Une mélancolie abstraite m'étreignait. Mon père avait construit ses bateaux ici, cédant à sa passion toujours grandissante de la mer. Passion qui avait polarisé ses désirs toute sa vie et l'avait fait passer à côté de tout le reste. Aux yeux de ma famille, j'avais toujours été suspecte, car j'aimais mon père, ce fou.

3

Si le temps m'était conté

Les murs, sans bruits, avaient gardé les confidences.

T
out avait commencé là, sur une chaise de jardin oubliée, sur une terrasse aux balustres rongés par la mousse du temps, où j'étais assise.

Mon regard plongeait dans l'espace verdoyant pour remonter tout en haut des cimes des arbres centenaires. Comme suspendue entre deux niveaux, je m'étais laissée noyer par la brume nostalgique d'un passé que je croyais mort à jamais. Je ne saurai plus dire d'où provenaient mes élans ni mes désirs.

Les hauteurs m'attiraient ; le sommet des feuillages assourdissant du pépiement des oiseaux accapara mon attention jusqu'à ce que les pies dévastatrices n'imposent leur loi ; je compris alors que le danger venait aussi du ciel.

Au rez de jardin, la terre grouillante d'insectes me démangeait déjà rien qu'à la pensée de devoir poser les pieds dans l'herbe dense.

Allais-je pouvoir affronter ce nouvel univers de vie, cette maison, cet endroit chargé de son immensité, désaffecté d'intimité, noyé par les fantômes du temps ? Me reconstruire un coin intime au milieu d'un espace gigantesque, éviter de me perdre dans le labyrinthe des nombreuses pièces aux portes éternellement grinçantes des plaintes de jadis ?

Revenir vivre ici était inespéré et désespérant. Les mystères de la vie ne nous ramènent-ils pas trop souvent vers la case départ ? Cependant, je pensais aussi que la fin rejoignait toujours le commencement comme pour nous rappeler que ce que l'on fuit nous rattrape toujours, un jour ou l'autre. Comme semblait le dire les jacassements agressifs des pies qui ricanaient de mes pensées !

Seul le vent du Sud me réconfortait par sa tiédeur. J'étais nulle part, dans la maison de mon père.

Pour la énième fois, je relus la page jaunie que je serrais dans la main.

« MC*XXXVIII. Guilelmus Richavi, et heredes sui, dederunt Deo et militibus Christi quod habebant in edifico de Arenis in civitate Aurasica.* »

Le texte en latin datait de 1138. Il s'agissait d'une copie d'un acte de donation qui précisait que le 26 septembre 1138 Guillaume Richavi et les autres seigneurs de « *l'antique édifice* » dit « *les Arènes* », à Orange, en faisaient donation à l'Ordre du Temple...

Mes yeux voulurent à nouveau parcourir le reste du texte, mais le vent, paraissant savoir, rabattit le feuillet sur ma poitrine. Je pliai le papier et saisis machinalement une revue qui traînait sur la table à côté d'un verre de jus de mangoustan. Mon regard se posa instinctivement sur la photo d'un petit animal et je lus : « *La salamandre est un animal amphibie... Lorsque l'on blesse ou que l'on irrite une salamandre, il suinte de sa peau une humeur vénéneuse et il suffit que l'animal touche un fruit en passant, pour que ce fruit se change aussitôt en poison violent* ». Cette croyance, datée du Moyen Age, ne représentait pour moi aucun intérêt.

Lasse et dispersée, j'envisageai sans enthousiasme de trier un jour tous les cartons d'archives que recelait le sous-sol afin d'assainir les lieux de la lourdeur du passé : odeur indescriptible, que trois générations successives semblaient avoir répandue et qui flottait toujours dans un éternel présent.

Je venais tout juste d'emménager dans cette maison de famille avec mon compagnon de toujours. Ce changement de lieu inattendu devint alors à mes yeux soudainement semblable à un bouleversement climatique.

La bâtisse, en partie meublée à l'étage, était un vaste habitat aux pièces immenses et aux très hauts plafonds, inchauffables l'hiver. Les cheminées de marbre projetaient l'ambiance d'un autre siècle.

Je ressentis alors un immense besoin de me poser en un point pour respirer l'espace et l'apprivoiser, me faire accepter du vide, déposer mon souffle dans chaque pièce, investir les recoins et faire mien cet espace. Pouvoir lui appartenir aussi pour que la peur insidieuse du non connu, avec ses bruits insolites et ses ombres éparses n'agitent le fanion d'un trouble inquiétant à la façon des âmes des disparus qui errent et soulèvent mille questions sans réponse.

Le sous-sol vétuste semblait désaffecté depuis des siècles. Une émotion particulière m'envahit ; le jardin secret d'une enfance bâclée resurgissait des profondeurs et se démasqua brusquement ; ma pensée alla se poser dans une pièce du bas.

Un pilier rongé par l'usure, planté au milieu d'un sombre espace, soutenait une charpente ancienne dont les poutres imposantes inspiraient le respect. L'odeur envoûtante du bois me saisit, ou bien était-ce celle du charbon que j'avais vu, enfant, entreposé par mon grand-père à cet endroit ? Les gros clous dans la porte en chêne semblaient m'interpeler, comme pour me rappeler à l'ordre. Oui, mais quel ordre ? Une force invisible me frôlait, me caressait et m'anesthésiait. Je l'appréhendais mollement, dépourvue de volonté, aspirée par un soyeux et mystérieux tourment qui me dominait.

Labyrinthique, le sous-sol donnait accès à un appartement qui s'ouvrait côté sud sur le jardin. Une porte intérieure permettait d'y accéder. Malgré mes efforts je peinais toujours à entrer dans le lieu de vie de ma grand-mère. À chaque tentative, une angoisse étrangère m'envahissait comme une eau marécageuse. La senteur insistante d'un parfum Chanel semblait flotter au milieu des effluves de moisi, de renfermé. Cette odeur faisait vibrer en moi des émotions enfouies et insoupçonnées, empreintes de mélancolie. Puis, une immobilité s'installait, une indifférence à la fuite du temps, une sagesse résignée et douce. La fuite terrifiante des jours semblait ralentie, presque arrêtée, au milieu de ces choses, pareilles à ce qu'elles étaient cent ans auparavant. Ma grand-mère y avait fini sa vie tourmentée et ses pas trainants sur le sol dans une perpétuelle errance semblaient encore résonner sur le dallage usé. Je sentais sa présence dans tout mon être, envoûtée par les lieux où tous ces souvenirs m'assaillaient.

Je n'arrivais pas à me lever de cette chaise pour quitter la terrasse. Suspendue entre le tilleul et les feuilles malades du marronnier qui étalait sa *léprosité* sur son feuillage brûlé, j'étais loin du sol et des cimes. Je pris pourtant mon trousseau de clés et, comme on traîne un boulet, je descendis l'escalier extérieur qui rejoignait le jardin. Les racines du vieux tilleul étaient devenues énormes. Leur sauvagerie avait brisé le ciment du sol et défoncé le dallage en pierre qui serpentait au milieu de la verdure. D'énormes racines remuaient en sous-sol les fondations de la bâtisse comme pour lui ôter sa raison d'être. Une force vitale souterraine semblait vouloir tout détruire. Le jardin en friche, envahi de végétation, montrait les vestiges d'un ordre ancien ; des allées de vieux rosiers laissaient éclater quelques roses éparses momifiées qu'aucune main n'était venue cueillir, simples témoins du soin apporté au lieu par le passé. Les haies du fond grillées par la canicule étaient restées sur pied, calcinées, squelettes végétaux, rouillées comme la grille du portail.

Je saisis la clé pour ouvrir le passage et sortis dans l'avenue des Arènes. En me retournant pour fermer le portail, la maison m'apparut imposante, indomptable, écrasante de prétention. Je collai mon visage entre deux barreaux de la grille et la regardai. Des picotements descendirent le long de ma colonne vertébrale… Un frisson me parcourut… j'eus alors la conviction inavouable que c'était elle, la maison, qui me regardait.

**

Le réveil sonna à 7 h 30, j'étais déjà réveillée depuis longtemps, les yeux rivés sur les poutres du plafond de l'immense chambre. Patrick se retourna brusquement, agacé par la sonnerie, il aurait volontiers prolongé son sommeil. Il ouvrit un œil et s'étira dans un mouvement de lassitude et d'inconfort,

— J'ai fait un cauchemar, lui dis-je à mi-voix.

Il se retourna, faisant mine de se rendormir et se mit à distance de mes préoccupations. Je me levai ; un long couloir sombre rejoignait la cuisine côté sud. Nos deux petites chiennes me sautèrent dessus à n'en plus finir ; leur rituel matinal consistait à me labourer les cuisses avec leurs griffes mais je les aimais tellement que je le leur pardonnais. Mais je n'étais jamais très patiente avec elles le matin au saut du lit. Patrick, par contre, pouvait passer cinq bonnes minutes à les rouler dans tous les sens et à leur gratter le ventre avant de s'attabler devant son petit-déjeuner.

— Tu as encore fait un cauchemar ? me demanda-t-il en se servant le café.

33

Comme pour me débarrasser de ce trouble, je tentais de justifier cette mauvaise nuit par la remontée de vieilles émotions. Le retour sur le lieu de mon enfance me remuait. À moins que ce ne fût la perspective de la réhabilitation de la partie habitable de la maison qui me préoccupait, tant il y avait de réparations à faire.

Il faudrait que tu installes de nouvelles ampoules électriques sur le lustre du séjour et dans le couloir. C'est lugubre.

— Cela fait trois fois que je les change en un mois ! Ça doit venir d'un problème sur l'installation électrique. Ce n'est pas possible que des ampoules claquent aussi rapidement.

J'avais fait un rêve étrange ; j'étais attachée à un poteau au milieu d'arènes romaines, prête à être dévorée par des salamandres géantes.

— Pourquoi des salamandres ?

— C'est un symbole héraldique… Je sais qu'elle a été décrite comme une créature d'enfer dont la seule vue donne la mort mais, paradoxalement, la salamandre est aussi un symbole d'immortalité.

— À moins que l'immortalité soit un enfer…

Patrick avala son café et ses tartines sans s'attarder. Bien que ce fût un jour de repos, l'hôpital d'Avignon l'avait rappelé et il devait rejoindre son service. Le manque de personnel devenait critique et la surcharge de travail immense. Il était fatigué et son sens du devoir le menait souvent jusqu'à l'épuisement sans qu'il ne s'en rende compte.

— J'avais promis à Fred d'aller le voir aujourd'hui et ce soir je ne vais pas rentrer avant vingt-deux heures. Pourras-tu lui faire une courte visite ? Il ne va pas très bien.

Patrick avait participé à des missions humanitaires dans de nombreux pays avant d'accepter un poste fixe de médecin à l'hôpital d'Avignon. J'avais fait le pari de le suivre et l'avais toujours accompagné à l'étranger. Notre couple avait été comme un pont jeté sur le doute. Nous avions néanmoins atteint l'autre rive, conscients de la fragilité des choses de la vie et veillant dans une merveilleuse prudence à préserver notre entente existentielle. Le lien qui nous unissait s'était renforcé avec les années. À cinquante ans, il nous arrivait parfois de penser aux enfants que nous n'avions pas eus. L'avenir incertain qui se dessinait nous paraissait alors moins sombre.

L'inassouvi perpétuel me rongeait.

Moi aussi j'étais allée travailler pour des causes humanitaires. J'avais fait partie de la première équipe autorisée à pénétrer sur le territoire cambodgien par la Thaïlande après le génocide par les Khmers Rouges. J'étais intégrée, à l'époque, dans l'ONG américaine CARE. Notre mission consistait à récupérer prioritairement les survivants parmi les enfants et les femmes enceintes. Ceux qui avaient réussi à traverser le pays ravagé en échappant aux mines anti-personnelles et aux perpétuelles attaques des Khmers rouges ; un cauchemar apocalyptique... En tant que kinésithérapeute, j'avais dû m'adapter au terrain en me transformant en nutritionniste, en cuisinière, en creuseur de tranchées et en accompagnante d'enfants mourants.

Je passais désormais ma vie à suivre des formations et à transmettre mes acquis en tant que thérapeute. Mes remplacements en cabinet de kiné me permettaient de payer mes stages. J'avais toujours dirigé mes recherches du côté des médecines alternatives. J'étais consciente que je faisais un « métier de curé ». Dans l'ancien temps, c'était toujours les bonnes sœurs qui prodiguaient les soins aux malades, physiquement et moralement. De plus, elles n'étaient jamais payées. Un temps très long me fut nécessaire pour comprendre que je ne pourrai pas sauver le monde.

Nos excès d'altruisme nous avaient souvent joué des tours. Nos vies s'étaient vues envahies, vidées de leur propre substance. Nous avions passé trente ans de nos vies à écouter et à soigner la misère des gens jusqu'à l'épuisement. Après le Nicaragua, le Cambodge, le Mali, nous avions enfin repris une activité reconnue en France.

Un jour enfin, je finis par admettre que pour pouvoir soigner les autres, il fallait, avant tout, être capable de s'occuper de soi. C'était le plus grand service que l'on pouvait rendre à l'humanité. C'est facile à comprendre, mais très difficile à pratiquer authentiquement quand on fait un « métier de curé ». « L'Âme est le seul oiseau qui soutienne sa cage ».[2]

Lorsque je me sentais glisser malgré moi vers un sacerdoce épuisant, nourri par ma fonction sociale et professionnelle, j'écrivais au rouge à lèvres sur le miroir de la salle de bain : « *Interdiction de sauver le monde pendant quinze jours* ». Quand Patrick était en colère parce lui aussi s'était laissé piéger à dépasser ses limites, il écrivait sur le miroir : « *Allez vous faire foutre* ». C'était un rappel à l'ordre que nous nous donnions à nous-mêmes pour nous auto-alerter devant ce constat tendant à prouver que nous étions en train de ruiner notre santé.

Éternelle insatisfaite, j'étais toujours passée d'une découverte à une autre, repartant à la recherche de la vérité sur cette réalité terrifiante qu'est la vie humaine et sa vallée de larmes.

Aujourd'hui, je constatais que l'homme devait obéir impérativement à des normes quantifiables, ce qui entraînait des tensions et des conflits que la médecine elle-même n'arrivait plus à gérer. La perception du corps était rejetée, la confiance en son propre corps avait disparu ainsi que l'aide au processus de guérison. La médecine semblait n'être qu'une prothèse de

---

[2] Victor Hugo (1862), *Les Misérables*, 2013, Pocket, Paris.

vie elle-même déconnectée de la vie. Et quand il n'y avait plus rien de mesurable, il ne restait plus que le transfert en psychiatrie.

L'allure que prenait le domaine médical m'effrayait de plus en plus. Pourtant, les progrès de la science avaient fait des bonds vertigineux. Les prouesses de la mécatronique allaient donner aux amputés le pouvoir de contrôler leur prothèse par la pensée. L'implant cérébral pourrait bientôt remplacer les portions endommagées du système nerveux. La rétine électronique allait permettre aux aveugles de voir. Le défibrillateur cardiaque interne restaurerait le cœur en cas d'arrêt. Le pancréas artificiel analyserait la glycémie du patient afin de calculer la quantité d'insuline nécessaire et en la lui injectant ensuite automatiquement. La voie vers l'immortalité bionique s'ouvrait.

Qu'était devenu l'être humain dans tout cela ?

Sur le terrain de la réalité, les infirmières devaient se battre pour obtenir suffisamment de pansements. Dans les maisons de retraite, les restrictions budgétaires privaient les résidents des produits de base nécessaires aux soins et les conditions de vie s'étaient dégradées comme jamais auparavant.

Je songeais parfois au mystère jamais élucidé de la salamandre. Ce petit animal était le seul à avoir de formidables capacités à reconstruire son corps. Il pouvait faire repousser ses membres, ses organes internes, ses yeux... sans que son secret n'ait encore jamais été percé, à moins qu'il ait été sciemment occulté afin de privilégier quelques desseins obscurs. Bien sûr, la technologie médicale est une économie bien trop rentable pour se voir supplanter par des solutions simples, au même titre que l'énergie libre découverte par Nikola Tesla.

Patrick, absorbé par le système, se retrouvait aux prises avec une folie bureaucratique qui devenait ingérable.

Il y avait deux hôpitaux dans le même établissement : celui du management et celui des soignants. L'hôpital était devenu une entreprise économique et une suspicion concernant tous les professionnels de la santé faisait régner un climat de tension insoutenable. Un domaine où la disponibilité et la présence à soi-même devaient garantir la qualité des soins dispensés. Des procédures et des contrôles permanents, à l'image des mesures soviétiques, avaient envahi les services. Kafka lui-même n'y croirait pas.

Aux urgences, il ne fallait pas dépasser douze minutes de consultation pour un diabétique pour que ce soit rentable.

Le personnel manquant n'était jamais remplacé. Le surcroît de travail devait être supporté par un effectif déjà restreint et à la limite de ses possibilités. Le double système, bureaucratique et corporatif, était en état de crise interne.

J'avais toujours senti le monde avec une espèce de clairvoyance désespérante, ce qui m'avait rendue vulnérable. J'avais fui le système et m'étais façonné un écran de protection absorbant, malgré tout, la vanité humaine et le désespoir des désespérés. Cela jusqu'à l'overdose, car il fallait que la coupe soit pleine.

Les yeux toujours posés au bord du puits sans fond de la détresse du monde biologique des apparences, l'écho de mon entendement m'amena un beau matin à me révolter.

Un jour, j'ai cessé d'avoir honte d'avoir essayé de sauver le monde. Parce qu'un métier de curé, ça façonne une personnalité !

On dégage une odeur de curé, on la transpire et tous les miséreux vous aiment. Ils sont attirés à plusieurs kilomètres à la ronde, même si l'on est en voyage dans le Nord de l'Italie. La spirale de la misère aspire le corps et l'âme dans la centrifugeuse de la dissolution.

Je compris que, quoi que je fasse, il n'y avait pas d'issue favorable à cette maladie grave qu'est la nature humaine : Il fallait changer de point de vue.

À une époque, j'avais pensé que nos vies avaient un sens, or la vie use et le temps dévore.

Je me suis alors accommodée de nos désillusions en recherchant sans cesse d'autres niveaux de compréhension. Renonçant enfin à comprendre ce qu'il y avait derrière la chimie du cerveau, j'ai suivi mon instinct et mon intuition qui parfois révèlent le « don de la peur ».

4

Instinct de fuite

« On ne peut pas résoudre un problème à partir de l'état de conscience qui l'a créé ». BJ Palmer

Patrick quitta le service des Urgences de l'hôpital d'Avignon sous une pluie battante. Il courut jusqu'au parking, moins pour éviter de se mouiller que poussé par un élan libérateur. Il était épuisé, la perspective d'avoir deux jours de repos lui mettait du baume au cœur. Il s'installa dans sa voiture, alluma le plafonnier et sortit son portable :

— Allo Fred ? C'est moi, ça y est, j'ai pu m'échapper, je serai chez toi dans trente minutes.

— Parfait, je t'ai préparé un petit repas dont tu me diras des nouvelles et j'ai mis une bouteille au frais !

Patrick sélectionna mon numéro sur son portable et attendit que je décroche. Il était vingt heures trente. J'étais à Paris.

— Tout va bien, mais il tombe des trombes d'eau, un vrai déluge. Je vais manger chez Fred et je rentrerai à la maison.

— Pense à mettre un seau sous la fuite du plafond dans la chambre, lui avais-je dit, soucieuse.

— Ah oui … Il faut que je m'occupe de cette toiture sans tarder. Je vais voir ce que je peux faire. Je t'embrasse.

Patrick démarra doucement sous la pluie battante. Les essuie-glaces n'avaient pas le temps de dégager l'eau du pare-brise et la visibilité était quasiment nulle. Le rideau dru avait forcé certains automobilistes à s'arrêter sur le bas-côté de la route.

Prudent, Patrick roulait lentement en direction du péage de l'autoroute. Il se demanda alors s'il avait bien refermé la fenêtre de la chambre avant de partir le matin même. Il sortit de nouveau son portable.

— Allo Fred ! J'aurai un peu de retard. Je dois d'abord passer chez moi vérifier s'il n'y a pas d'inondation et j'en profiterai pour prendre les chiennes.

— Ok. Prends ton temps... déstresse... lui avait répondu Fred.

La visibilité finit par s'améliorer et il accéléra. L'aire de sortie de l'autoroute d'Orange commençait à être inondée. Il contourna enfin la maison et alla ouvrir le portail coulissant du garage. Sa main chercha à allumer à plusieurs reprises mais l'orage avait fait disjoncter le compteur électrique. L'obscurité était totale.

Traversant l'immense sous-sol en aveugle, il buta contre l'escalier intérieur et grimpa à l'étage à tâtons. Les chiennes chougnaient derrière la porte de la cuisine. Le compteur enfin enclenché, Patrick se précipita dans la chambre, referma la fenêtre et traîna le tapis persan imbibé d'eau de pluie vers la salle de bains.

Dépassé par les incidents domestiques qui ne cessaient de se cumuler, il alla mettre un seau et des serpillières dans l'autre chambre et décida de tout laisser en plan jusqu'au lendemain. Sa fatigue était pesante et il avait faim. Il s'adressa aux deux chiennes.

— Allez ! Les filles, on descend !

Elles se précipitèrent alors dans l'escalier en le précédant. Il saisit au passage un sac de croquettes et une bouteille de vin.

La violence de l'orage avait plongé le quartier de Fred dans l'obscurité. Patrick frappa à la porte, entra suivi des chiennes, et poussa enfin un soupir de détente ! La table était mise et un arôme agréable de cuisine flottait.

— Hello Fred !... Tu es là ?...

Le son de la télévision provenait du salon désert. Patrick s'avança vers la chambre éclairée puis revint sur ses pas. Il se laissa tomber un instant dans le canapé du séjour pour souffler un peu. Terrassé par la fatigue, il ferma les yeux.

Lorsqu'il les rouvrit en sursautant, la télé diffusait la retransmission d'un débat politique. Les chiennes dormaient sur le tapis. Il regarda sa montre et se leva d'un bond : il était minuit vingt. Une fatigue sans appel l'avait précipité dans un profond sommeil et le temps s'était enfui.

Désorienté, il appela son ami. Sans réponse, Patrick s'engagea d'un pas décidé vers la chambre qui était toujours allumée mais sans Fred !

Il sortit dans le jardin, fit le tour de la maison puis revint dans la chambre. Il poussa la porte de la salle de bains attenante, elle résista. Il insista, repoussant quelque chose qui semblait la bloquer ; le corps de Fred gisait sur le sol dans une mare de sang, les yeux ouverts et fixes.

Saisi d'effroi, Patrick recula et s'adossa contre le mur. Sa tête bourdonnait comme après une explosion et son corps se mit à trembler de manière incontrôlable. Saisi de panique et à la fois désarmé par le choc, il resta un moment en proie à un vertige émotionnel dévastateur avant de pouvoir se ressaisir. Quand il alla poser sa main sur le cou de son ami, Fred était mort. Sa tête avait heurté la baignoire.

La sirène du SAMU retentit au loin puis finit par se taire en arrivant dans le lotissement. Seul le gyrophare balayait l'obscurité du quartier. Pops, que Patrick s'était empressé d'appeler, arriva avec son pyjama de guingois et l'air hagard. Il lança un regard interrogateur à Patrick qui était livide. L'errance et le silence dominaient les deux hommes qui laissaient agir l'équipe médicale d'urgence. Un accident vasculaire cérébral venait de terrasser Fred.

— Qu'est-ce qu'on fait du corps ? demanda le médecin urgentiste en remplissant l'acte de décès.

— Laissez-le ici, sur son lit. Je vais avertir son fils et sa compagne, répondit Patrick.

Il se tourna alors vers Pops avec un regard accablé et s'effondra dans un fauteuil en se tenant la tête.

— Je n'en peux plus, je vais craquer, ça fait trop… Je me suis endormi sur le canapé en arrivant. J'aurais peut-être pu faire quelque chose si… Je ne sais plus ce que j'ai fabriqué ! Je me suis endormi…

Pops lui posa la main sur l'épaule.

— Tu as vu dans l'état où tu es, toi aussi ? Alors, rentre chez toi. Je m'occupe de tout. Va dormir et demain tire-toi…Tu vois comment ça finit ces histoires !…Quand on croit tout pouvoir maîtriser dans cette vie de fou, qu'on dépasse ses limites et qu'on refuse de s'écouter !… Le monde ne va pas s'arrêter de tourner parce que tu ne seras pas à ton boulot lundi. Pars te reposer, je m'occupe d'avertir Kathy et Raphaël et, pour la suite, Sophie m'aidera.

Patrick regarda Pops dans les yeux. Un éclair de conscience ou de folie alluma une étincelle dans son regard et Pops renchérit fermement.

— Tire-toi, je te dis !… Laisse tout tomber !… Maintenant et vite ! Va au bout du monde si tu veux, mais arrête-toi immédiatement sinon tu finiras comme lui !

Un silence vibrant s'installa entre les deux hommes et les minutes passèrent.

— Ok. Je rentre et demain je me tire, affirma Patrick soudain convaincu de devoir prendre du recul sans tarder.

* *

Le lendemain, à six heures, Patrick était réveillé et les évènements de la veille au soir défilèrent dans sa tête comme un cauchemar. Son cœur se mit à battre. Il se leva et alluma son ordinateur. Après une douche, il rassembla rapidement quelques vêtements dans un sac puis, tout en buvant son café, cliqua plusieurs fois sur le clavier de son écran. Il partit ensuite chez la voisine déposer les clefs de la maison afin qu'elle puisse venir s'occuper des chiennes.

En s'engageant sur l'autoroute A7, il remarqua qu'il tremblait. Il mit cela sur le compte du surmenage, du manque de sommeil et du choc de la veille. Il accéléra comme pour fuir toutes sensations incontrôlables et s'éloigner le plus vite possible de sa zone de turbulences. Quand il eut dépassé Avignon, il eut l'impression de mieux respirer. Il traversa Aix-en-Provence et s'engagea sur l'autoroute A8 en direction de Nice.

Un horaire lui revint à l'esprit - *Nice 14 h 30* – Il était en avance. Il ralentit son allure, engloba l'horizon d'un regard plein d'espoir devant l'émergence d'un soleil levant rougeoyant. Un sentiment de liberté lui revigora le corps et l'âme. Il accéléra comme pour rejoindre l'astre solaire bienfaisant. Il avait coupé son téléphone portable. Il redoutait un appel de la direction de l'hôpital le suppliant d'effectuer, une fois de plus, un retour sur repos en rejoignant d'urgence son service, ce qu'il faisait toujours en gentil garçon dévoué. Les restrictions budgétaires et, par voie de conséquence le manque de personnel, avaient engendré une pression constante qui était devenue insoutenable pour l'ensemble des soignants et des patients. Il n'avait jamais le temps de récupérer. Sa fatigue toujours croissante était arrivée à un seuil critique de non-tolérance. Comment avait-il pu se laisser entrainer dans une telle escalade qui l'anéantissait ? Il se croyait autonome mais il n'était qu'un pantin au service d'un esclavagisme social. Une marionnette dont les ficelles étaient manipulées par quelques despotes politiquement corrects qui ne connaissaient rien au terrain et qui ne s'intéressaient, de toute façon, qu'à leur PIB.

Et Fred !... À cette pensée, ses yeux se remplirent soudain de larmes noyant son regard attentif à la route. Il ralentit. Une émotion sourde l'envahit, il éclata en sanglots.

Laissant sa peine se déverser à flot sans rien retenir, il laissa sortir toutes ses larmes afin d'exorciser la souffrance de la perte de son ami et de sa propre misère. Mais ses pleurs aussitôt calmés, un sentiment de colère s'empara de lui.

Fred était victime de lui-même dans sa quête à servir toujours plus et mieux la rentabilité d'une entreprise qui devenait obsolète. *Qu'est-ce qu'il croyait lui aussi ? Qu'il était capable de maîtriser le monde ? Quel ego nous avons ! Il fallait s'éloigner du tableau pour s'en rendre compte... La direction de l'hôpital va m'appeler, c'est inévitable après les mails que je leur ai envoyés.*

Il avait envoyé plusieurs mails à différents services administratifs précisant qu'il était souffrant et qu'il demandait à être remplacé immédiatement, n'étant plus apte à assurer ses fonctions. Mais il n'aura jamais de retours, pas même un message de politesse confirmant la bonne réception de ses doléances.

Le soleil s'était élevé dans le ciel et avait troqué sa teinte rouge contre une lueur pâle éblouissante. Patrick ralentit de nouveau son allure pour réaliser pleinement qu'il n'était pas irremplaçable et il se détendit, rassuré par les paroles de Pops.

Pop sa eu raison de m'inciter, sans ménagement, à partir tout de suite loin de tout. Il faut absolument que je me repose.

Pops, avec son air d'être toujours scotché au plafond, a finalement une perception des réalités bien plus lucide que n'importe qui...

La mer apparut bientôt au détour des collines, elle moutonnait au large et un vent marin aux effluves iodés sembla lui parvenir, à moins que ce ne fût la réminiscence d'un souvenir enfoui. Direction Nice Le Port. Il longea la Promenade des Anglais, contourna les quais et se présenta sur l'embarcadère de Corsica Ferrys. Un homme du personnel à terre lui fit signe de s'arrêter.

— Départ Nice Bastia 14h 30 ? C'est bien ça ?

— Oui, répondit Patrick.

— Départ annulé cause intempérie, vous avez dû recevoir un message sur votre portable, remplacé par départ Savone-Bastia 16 H.

Patrick frôla l'accablement.

— C'est où Savone ?

— Dans le golfe de Gênes, vous avez le temps d'y aller par l'autoroute.

— *Putain... Mais ça me poursuit !... J'arriverai jamais à me poser tranquille ?*

Il lui fallut retrouver la jonction de l'autoroute et filer direction Monaco. Il finit par atteindre l'autoroute italienne bordée de serres à l'échelle industrielle qui dénaturent le paysage maritime. Tout semblait se ternir en lui, l'autoroute n'en finissait plus, il n'avait aucune idée du temps qu'il fallait pour atteindre Savone et les panneaux d'indication routière ne mentionnaient jamais rien. Au bout de deux heures, Patrick commença à douter de tout, se demandant où il allait, où il était et même qui il était. Crispé sur le volant, il avait faim, la fatigue le tenaillait et l'épuisement bien connu refaisait surface, balayant l'espoir lumineux d'une liberté en pointillés qui avait osé avancer son nez.

Trente minutes plus tard, un panneau mentionnant « uscita Savona » attira son attention. Il s'engagea vers la sortie pour arriver dans une petite ville banale et finit par déboucher, à sa plus grande surprise, directement sur le port d'embarquement. Sa voiture alla se glisser dans la file d'attente qui s'engouffrait dans le ventre du ferry. Bientôt l'air pollué de la soute, saturé d'oxyde de carbone, l'oppressa. Il gara son véhicule contre les autres voitures, coupa le contact et s'extirpa au plus vite de l'antre métallique pour escalader l'escalier vers les ponts supérieurs. *Opération embarquement réussie !*

Soufflant de tous ses poumons et mort de faim, il déboucha dans un salon cossu à la moquette épaisse. Il se précipita au self-service pour prendre un plat de lasagnes, saisit une bière au passage et alla enfin s'asseoir dans un fauteuil confortable devant son plateau repas.

Le solarium autour de la piscine était balayé par les embruns marins. Patrick s'installa néanmoins sur une chaise longue ; ce détour par l'Italie sembla lui offrir un moment de dépaysement. Il sortit son portable de sa poche, le manipula avec précaution comme s'il s'agissait d'une grenade dégoupillée et le regarda, perplexe, n'osa l'allumer de peur de se retrouver confronté de nouveau au harcèlement professionnel qui le détruisait. Cependant il devait me joindre pour m'avertir de son départ…

Il était si bien au soleil qu'un sentiment de lassitude l'effleura. Il replaça le téléphone dans sa poche et remit à plus tard son appel.

Les moteurs ébranlèrent le navire. Il était 16 heures. Le bateau se détacha du quai lentement. Un vent humide balaya le pont, soulevant l'eau de la piscine qui éclaboussa des passagers allongés au soleil. Les vacanciers replièrent leur chaise longue pour aller se mettre à l'abri à l'intérieur. Le vent se mit à souffler de plus en plus fort et Patrick se vit contraint de replier sa chaise. Assis sur le sol contre le mur du bar, il assista à un spectacle dévastateur.

Un vent soudain fouetta l'air violemment en déchirant l'espace. Le bateau s'éloigna du quai et le roulis forcit. Des éclaboussures le mouillaient mais plus vivifié qu'effrayé, il passa la langue sur ses lèvres pour en goutter l'eau salée.

L'agitation de la mer s'amplifia, mouillant le navire jusqu'aux étages supérieurs. Patrick décida de se lever.

Déstabilisé par le mouvement de la houle, il fut projeté plusieurs mètres plus loin et s'affala sur les chaises longues pliées au sol. D'un bon pied marin, un homme de la compagnie maritime vint l'aider à se redresser et l'accompagna jusqu'à l'escalier en lui conseillant d'aller se caler quelque part ; la traversée s'annonçait difficile avec un vent force 9. Patrick traversa le salon à la moquette épaisse en faisant des écarts de pas de plusieurs mètres puis finit par s'étaler sur un fauteuil. Les lasagnes commençaient à faire des aller-retours dans son estomac. Un bruit fracassant se fit entendre. La vaisselle du restaurant vola en éclats, des bouteilles s'étaient cassées, le tout créant à chaque mouvement de houle un vacarme assourdissant.

Patrick se leva enfin pour tenter d'aller aux toilettes qu'il atteint difficilement. L'odeur de vomi qui régnait partout lui souleva le cœur et il rendit les lasagnes avant de rejoindre son fauteuil en tanguant. La nausée lui tenaillait l'estomac, un malaise grandissant s'empara de lui. Il se laissa glisser sur le sol, se recroquevilla sur lui-même en chien de fusil et ferma les yeux.

À un moment donné, ce fut insoutenable. Combien d'heures à attendre, confronté à cette souffrance incoercible qui lui nouait les entrailles ?

Encore cinq heures de traversée comme ça, et je me fais éclater le foie...

Que pouvait-il faire ?... Prier pour que ça s'arrête... ça ne marchait pas.

Alors, il faut que je dorme... je n'y arrive pas !

En dépit de tout, aux prises avec des bouffées délirantes, il céda à lui-même. Il se dit qu'il devrait essayer de parler à la mer. Lui dire de calmer ses vagues. Juste devant le bateau afin que celui-ci puisse arriver à Bastia en glissant doucement sans remous. L'illusion de sa Toute Puissance Infantile ressurgissait du fond de son être. Entre les roulis nauséeux qui lui soulevaient le cœur, il s'entendit dire :

Les vagues !... Ecoutez-moi !... Calmez-vous... Calmez-vous... Calmez-vous... Puis il se réveilla.

Sa nausée était stable. Le temps avait passé. Le bateau ne bougeait plus. Les passagers pouvaient marcher normalement.

Il avait dormi, la mer l'avait bercé pendant le reste de la traversée.

En sortant de la gare maritime de Bastia, son 4X4 tourna tout de suite à droite en direction du Cap Corse. Il faisait nuit. La route sinueuse longeait la côte en virages serrés. Il roula lentement, traversa Erbalunga, la marine de Sisco, Porticciolo et avant Santa Sévéra, sa voiture emprunta une pente raide qui montait dans le maquis. Il se gara sur un terre-plein devant une maison de pierres noyée d'obscurité, alluma son portable pour pouvoir s'éclairer et constata qu'il ne captait aucun réseau. Il s'en réjouit.

Il sortit des clefs de la boîte à gants, ouvrit la porte et entra dans la maison. Après avoir enclenché le compteur électrique, il posa son sac en poussant un grand soupir de soulagement.

5

Fragmentation

Tel état de conscience, tel état de vie.

Le Docteur Leumic remplit son ordonnance en soupirant, il la poussa sur son bureau vers Franck Garcia qui affichait un air anxieux, puis raccompagna son patient à la porte de son cabinet.

Des tranquillisants, encore des tranquillisants, il savait bien qu'il ne les prendrait pas…. Mais il préférait quand même aller les acheter. Sait-on jamais, les contrôles de la sécu et tout le reste… Il replia son ordonnance délicatement dans la poche de son blouson et grimpa dans son Alfa G 20 à la recherche d'une pharmacie où il était sûr que personne ne le connaissait.

Depuis plusieurs années, afin que l'on ne repère pas son manège, il avait, quasiment écumé toutes les officines de la région. Des médicaments prescrits par un psychiatre, ça la foutait mal et il se devait de maintenir sa prestance d'homme d'affaires. La spéculation immobilière était devenue stressante. Les prises de risques dans lesquelles il s'était aventuré, alimentaient sa peur de manquer ou sa peur de tout perdre. Une peur qui le tenaillait comme si sa vie même en dépendait. Franck Garcia n'était jamais inactif, il était même débordé de travail ; il s'occupait des affaires de ses amis, prétextant être une greffe indispensable à la négociation. L'assise matérielle de ses partenaires lui faisait défaut, mais son ambition démesurée lui permettait d'étouffer son cruel manque de sécurité et de reconnaissance. Ses meilleurs atouts étaient sa séduction, son opportunisme et ses relations sociales triées sur le volet. Sa facilité à tirer profit de la naïveté d'autrui lui avait valu de pouvoir récupérer un patrimoine immobilier qu'il rénovait patiemment. Il en voulait pourtant toujours plus, comme pour étancher une soif inextinguible et inexplicable. À son insu, il était devenu méprisant, ce qui lui attirait souvent des antipathies.

Franck pensa qu'il devrait tout de même essayer de prendre quelques médicaments pour calmer son anxiété. La spéculation, c'était fatigant, il n'était jamais tranquille. Cette grosse affaire avec le cinglé de Duvivier n'avançait pas ; elle le tourmentait cruellement. Au début, ça avait eu l'air facile, vu le personnage… Mais ça devenait de plus en plus compliqué et il ne supportait pas d'être mis en échec par un looser. Il y avait bien des solutions radicales qui lui venaient à l'esprit, mais il ne pouvait pas non plus pousser le bouchon trop loin. L'affaire était délicate. Son impatience galvanisante déclenchait parfois un sentiment de rage et il se sentait devenir violent face aux obstacles. Son esprit élabora alors des suppositions puis, bientôt des stratégies. L'ivresse du pouvoir l'avait saisi dans son âme, comme l'addiction pouvait s'emparer d'un buveur

Il sortit vivement son téléphone portable et appela un numéro enregistré.

— Allo Christophe, bonjour c'est Franck. Dis-moi, l'autre jour tu m'as bien dit que Duvivier était client chez toi ?

— Oui. Il a du mal, mais il finit toujours par payer.

— Ok, on se voit demain comme prévu ?

— Pas de soucis, tchao.

Franck composa le numéro de Gilles Martin.

— C'est Franck, bonjour. Il faudrait que l'on se rencontre avec ton cousin et Duplan. Il y a peut-être d'autres solutions pour décider Duvivier… À demain.

Gilles Martin avait lui aussi des solutions alternatives à proposer dans cette affaire. La situation était bloquée et leurs arguments n'avaient aucune incidence sur le couple Duvivier qui n'avait que faire de leur proposition financière. L'argent n'avait aucun attrait pour eux. Ils étaient plus attachés à leur lopin de terre et à leurs poissons exotiques qu'à l'amélioration de leurs conditions de vie matérielles. Dans un cas comme celui-là, il était difficile de faire aboutir les négociations et on ne pouvait pas les forcer à signer.

Gilles Martin se leva et enfila sa veste en cachemire. Il afficha un grand sourire commercial pour rejoindre la personne qui l'attendait dans la pièce voisine. Il avait une approche toute personnelle des relations humaines. Le masque de sa générosité de cœur apparente attirait les personnes fragiles comme des papillons de nuit vers une lampe. Il était paternaliste et sympathiquement ouvert. Il se permettait des rétractations d'humeur bien ciblées pour pouvoir ensuite réamorcer la pompe de son attrait en cas de nécessité absolue, si bien que les gens lui étaient dévoués. Le désir de lui plaire désamorçait les désaccords potentiels susceptibles de créer des oppositions à ses suggestions.

Sa grande taille d'homme distingué servait sa personnalité.

Et derrière cette mascarade, l'homme ne cherchait qu'à servir ses ambitions personnelles tout en jouissant de ses manipulations exquises. C'était un homme visiblement heureux de sa propre condition !

**

Mon dernier séminaire de formation venait de se terminer et j'avais des questions plein la tête sur de nouvelles approches thérapeutiques arrivant d'outre-Atlantique. Je me disais que l'on parviendrait peut-être un jour à percer le secret des salamandres. Mes spéculations intellectuelles m'ouvraient une voie sans limite et je pouvais enfin être à l'écoute de mon ressenti intime, proche de mon essence, sans juger comme une tare mon hypersensibilité maladive.

En cette matinée automnale, les rues de Paris scintillaient sous un soleil bienveillant. Plutôt que de m'enfermer dans le métro toujours surchargé, je choisis donc de marcher pour bénéficier des richesses architecturales et autres que m'offrait la Capitale.

Mes pas martelaient les pavés de la rue St Blaise au milieu d'une population exotique avec son anachronisme si singulier.

Les grandes artères voyaient défiler les manifestants contestant les réformes destinées à supprimer certains acquis sociaux.

Dégagée des aléas politiques du moment qui secouaient la capitale, j'ai tenté d'éviter les manifestants. J'avais suffisamment milité dans ma vie en faveur de causes humanitaires pour avoir intégré que l'on ne pourrait changer le monde qu'en se changeant d'abord soi–même. Aujourd'hui, on était au bord de la démence. La moitié de la population mondiale souffrait de sous-alimentation et ne pouvait plus se loger. On assistait quotidiennement à des fusillades dans les rues, des suicides et violences de toutes sortes. Des actes de cruauté, qui faisaient partie de notre mode de vie, étaient pratiqués sur les êtres humains et les animaux. L'engouement absurde pour l'armement et les guerres semblait être la seule préoccupation des gouvernements.

Longtemps perdue dans un tourbillon confus d'impressions et d'expériences sans direction, j'aspirais à discerner ma propre vérité, celle alignée sur mon essence. La recherche de réponses fondamentales aux problèmes personnels et sociaux semblait pourtant futile et dépourvue de sens aux yeux de beaucoup de gens. Mes recherches existentielles m'avaient menée à des études médicales pour ensuite m'intéresser à des disciplines alternatives. Je me posais toujours la même question : *Existe-t-il réellement une chose, telle que le potentiel humain infini ?*

Chaque fois que j'ajoutais une parcelle de connaissance à mon savoir, j'apprenais l'existence de bien d'autres choses dont j'ignorais la vraie nature. Tout en complétant mes connaissances, j'augmentais aussi son ignorance. Ce que je savais devenait une fraction de plus en plus petite de ce que je ne savais pas.

Le ciel de Paris était en train de se couvrir, la luminosité disparaissait. Le visage fermé, les passants paraissaient absorbés ou, au contraire, complètement absents. Bien que j'eu tout mon temps, je pressai le pas.

Je crus entendre sonner mon téléphone portable calé au fond de mon sac mais les bruits de la rue m'empêchaient de bien entendre. Je me plaçais à l'abri d'une porte cochère ; ma messagerie me signalait de rappeler Pops.

— Allo Pops ?

— Je n'arrive pas à joindre Patrick. C'est urgent, il faut que je lui parle. Où est-il ?

— Il doit être à l'hôpital ou à la maison !

— Non !... Il ne répond pas...Il ne t'a pas dit ?

— Non, quoi ?

— Ah bon... Bon... Il faut que tu reviennes ici. Je t'expliquerai. Patrick a des problèmes. C'est à cause de la mort de Fred.

— La mort de Fred ?... Qu'est-ce que tu racontes ?

— Fred a fait un truc au cerveau. Il est mort samedi soir. C'est Patrick qui l'a trouvé et…Quand est-ce que tu reviens ? Il faut que je t'explique !...

— Si j'ai un train je rentre tout de suite.

— Rappelle-moi, j'irai te chercher à la gare.

Abasourdie par cette nouvelle inattendue, je restai figée un moment sous la porte cochère, comme enveloppée de ouate et les bruits de la rue s'estompèrent. Une distance d'avec tout ce qui m'entourait me plongea dans un état de surdité. Je repris une marche automatique, entrainée par le flux des passants qui circulaient sur les trottoirs. Je pressai le pas, comme agitée par un sentiment d'urgence et me mis à courir, puis m'arrêtai net pour regarder autour de moi.

J'étais devant l'entrée de la mairie du 20ème arrondissement de Paris.

L'évidence revint me frapper ; les problèmes d'identité de Fred n'avaient plus lieu d'être, je n'avais plus rien à faire là.

Désorientée, je restai figée sur le parvis de l'hôtel de ville. Le désir de repartir vers le Sud se heurtait à celui d'accomplir la mission que Fred m'avait confiée. Je décidai alors de chercher un taxi pour rejoindre la gare de Lyon au plus vite mais, contrairement à ma décision, je me retrouvai dans le hall en direction du bureau de l'Etat Civil.

**

La maison du Cap Corse appartenait au docteur Nicole Bauer, une amie de longue date de Patrick. Elle nous avait laissé les clefs, nous invitant à aller nous y reposer à notre convenance.

Nicole était récemment partie pour suivre une année de formation en chirurgie réparatrice des blessures par balles au Centre Hospitalier de Houston au Texas.

Elle disait que c'était l'avenir de la chirurgie en France. Une clinique de la région parisienne lui avait déjà fait une proposition de contrat. Avec la montée de la criminalité dans l'Hexagone, il n'y avait rien d'étonnant à cela.

Le lendemain de son arrivée, Patrick se réveilla de bonne heure. La maison de Nicole était isolée dans le maquis, à flanc de colline et avec une vue sur la mer Tyrrhénienne d'un bout à l'autre de la terrasse. À l'intérieur, une baie vitrée donnait sur un panorama à couper le souffle. L'effet était toujours aussi saisissant et exaltant que la première fois. Nicole parlait souvent de la beauté de ce site et de l'exceptionnel privilège qu'elle avait eu de pouvoir conserver cette maison qui avait appartenue à son ex-mari. La couleur de la mer était d'un bleu métallique.

Comme une offrande de liberté, Patrick contempla émerveillé le spectacle du lever du soleil sur l'horizon !

Il avait faim. Les lasagnes l'ayant quitté rapidement en début de traversée ajoutés à son estomac vide depuis longtemps, ne cessaient de le tiraillait. En guise de petit déjeuner, il se cuisina un paquet de pates trouvé dans le placard de la cuisine.

Rassasié, il sauta alors dans sa voiture et s'élança en direction de Santa Sévéra dans l'espoir d'y trouver une épicerie ouverte. Mais la marina était déserte et les commerces inexistants !

Une route s'enfonçant dans le maquis grimpait sur les hauteurs de l'arrière-pays en traversant des vallons déserts pour enfin rencontrer un premier signe de vie accroché au décor montagneux ; le village de Luri !

Patrick dévalisa la seule épicerie du coin et remplit le coffre de ravitaillement.

Convaincu que Pops m'avait informée de son départ précipité, mon compagnon était confiant et nullement inquiet.

À midi pile, Patrick déboucha une bouteille de « *Patrimonio* »[3] rouge. Il s'en versa un verre avant d'ouvrit un bocal de haricots de Soissons au confit de *figatelli*[4], prêt à réchauffer. Puis, heureux de ce voyage inopiné, il s'installa pour savourer, dans les meilleures conditions, son petit festin, face à la baie vitrée.

Son regard s'arrêta sur l'ile de Capraïa qui paraissait posée sur l'horizon, scintillante comme un joyau au milieu du silence.

Après son premier vrai repas depuis plus de quarante-huit heures, il s'endormit jusqu'au lendemain.

**

J'arrivai en gare d'Avignon par le TGV de 18 h qui avait trente minutes de retard. Avant que le train ne s'arrête complètement, j'aperçus Pops par la fenêtre ; il faisait les cent pas sur le quai. Me précipitant dès l'ouverture des portières, je courus vers lui et je l'embrassai en vitesse, impatiente et curieuse d'en savoir plus sur ce qu'il avait de si important à me dire.

— Alors, explique !

— Sortons de la gare.

---

[3] Vin corse.
[4] Saucisse de foie de porc, une spécialité corse.

D'un pas vif, nous prîmes la direction de la sortie vers l'esplanade qui descend entre les bassins aux nénuphars.

— C'est Raphaël, le fils de Fred… me dit-il.

Pops ayant toujours un peu de mal à se faire comprendre, je pris mon mal en patience.

— Il n'accepte pas la mort de son père. Y a une enquête de police, Fred a pris un coup sur la tête, c'est ça qui a entraîné sa mort et non pas le machin V.C.

— Machin V.C ?... AVC tu veux dire ?

— Ouais.

— Accident vasculaire cérébral. Il a dû se cogner en tombant !

— C'est ce que je me suis dit… Mais la police accuse Patrick de fuite alors il est le principal suspect.

— C'est ridicule. Où est-il ?

— Sais pas… C'est moi qui lui ai dit de partir… Ça se voyait, il était à bout.

— Pourquoi il ne téléphone pas ?

— Sais pas… En plus, tous les journaux en parlent. C'est même passé à la télé, ça dit : « *Un médecin du C.H. d'Avignon, meurtrier présumé d'un chef d'entreprise a pris la fuite* ». Sa photo est dans le journal.

— Ce n'est pas possible ! dis-je stupéfaite.

— Ils ont même trouvé des empreintes sur l'arme du crime.

— L'arme du crime ?... Quelle arme du crime ?... Qu'est-ce que c'est que cette histoire de fou ? C'est quoi l'arme du crime ?...

— Un œuf.

Furieuse, je m'arrêtai net de marcher et je braquai un regard de défi dans les yeux de Pops mais, avant que je n'aie pu ouvrir la bouche, celui-ci s'insurgea.

— Oui ! Un œuf ! dit-il exaspéré d'être incompris et toujours soupçonné de débilité mentale. Un œuf en marbre plus gros que celui d'une canne, dur comme de l'acier. Ils l'ont trouvé dans la salle de bains. Il y avait du sang et des empreintes dessus.

Je baissai les yeux et nos pas reprirent leur rythme. Nous atteignîmes bientôt le grand portail en fer forgé de la gare TGV s'ouvrant sur un vaste parking.

Je ne savais plus que penser des propos de Pops. Comme souvent avec lui, il me fallait relativiser.

— C'est absurde de penser que Patrick ait pu faire une chose pareille !...

— Je suis bien d'accord avec toi, mais la police est persuadée qu'il est en fuite à cause de la mort de Fred.

Mon visage s'assombrit, je ne comprenais rien à toute cette histoire qui n'avait aucun sens, de plus je n'avais aucune nouvelle de Patrick !

— Je suis inquiète… Il ne m'a même pas téléphoné, cela ne lui ressemble pas.

— Son téléphone est sur écoute, s'il te téléphone, il est repéré tout de suite et arrêté, précisa Pops.

— Ça voudrait dire qu'il se cache ? Mais pourquoi s'il n'a rien fait ? Et Raphaël… Qu'est-ce qu'il dit ?

— Il sait plus… Il est comme fou.

— Et Kathy ?

— Elle est à la maison chez Fred.

— On y va tout de suite, dis-je pressée d'éclaircir cette affaire.

Affalé sur le canapé, les boucles de ses cheveux blonds en bataille, Raphaël était comme paralysé dans son mutisme. La révolte qui s'affichait sur sa tête d'ange le rendait irréel.

Kathy avait essayé en vain de le faire sortir de son silence mais se faisant rabrouer sans ménagement, elle n'insistait plus. Elle ne pouvait même pas le consoler, il refusait toute approche compatissante. Ce beau garçon de vingt-cinq ans, grand et athlétique, était le fils unique de Fred. Issu d'un milieu social favorisé, la vie ne l'avait jamais frustré à ce point. Il restait rivé au canapé et n'en décollait que pour aller chercher une bière dans le frigo ou s'enfermer dans sa chambre. Toute communication avec lui était devenue impossible.

En nous apercevant par la fenêtre, Kathy, la compagne de Fred, vint nous accueillir. Je la pris dans mes bras la serrant très fort et, c'est seulement à cet instant que je pus vraiment réaliser la disparition de notre ami Fred.

Nous nous installâmes dans les fauteuils du salon. Raphaël se leva et s'échappa dans une chambre en affichant ouvertement qu'il n'avait aucune envie de nous voir. Son comportement me déstabilisa et je me demandai s'il croyait vraiment, lui aussi, à la culpabilité de Patrick. Amicalement, je voulu aller lui parler, mais Kathy m'en dissuada

— N'insiste pas, il est devenu violent, il n'accepte pas la situation pour l'instant.

— Quel malentendu épouvantable ! Quel sac de nœuds ! C'est insupportable… Qu'est-ce que c'est, cette histoire d'œuf ?

Ce soir-là, suite à l'appel de Pops, Kathy était arrivée presque en même temps que Raphaël. Un policier avait trouvé l'œuf en marbre dans la salle de bains et demandé l'ouverture d'une enquête. Fred avait effectivement reçu un coup violent sur la tête.

— Mais... Dis-moi que tu ne crois pas à la culpabilité de Patrick ?...

— Non, bien sûr. C'est la presse qui s'est emparée de l'affaire et qui raconte sa version des faits. Une autopsie a été réalisée avant l'enterrement et nous aurons les résultats dans quelques jours.

— Et Raphaël, qu'est-ce qu'il croit ?

— Je ne sais pas...

Songeuse, je pris la décision d'aller me présenter au commissariat, mais Kathy poursuivit :

— Nous avons tous été interrogés. Le fait que Patrick ait disparu juste après la découverte du corps est suspect. Sa fuite l'accuse.

— Pourtant, j'ai tout expliqué... précisa Pops.

Cette histoire ne tenait pas debout. Il fallait la version de Patrick et je me demandais où il pouvait bien être et ce qu'il fabriquait.

Pops était assis dans un fauteuil, les mains posées sur son ventre proéminent, le regard perdu dans les méandres de ses pensées et il semblait avoir décroché de la conversation. Kathy me posa une question à laquelle je ne m'attendais pas :

— Demain, j'irai au cimetière, est-ce que tu veux venir avec moi ?

Emue, je m'imaginai alors un instant en train de poser des fleurs blanches sur la tombe de Fred. Le souvenir des actes d'état civil de son père me revint et je les sortis de mon sac.

— Il n'y est pas au cimetière !... releva Pops qui semblait émerger d'un profond sommeil.

Je me servis une nouvelle tasse de café en jetant un coup d'œil discret à Kathy. Celle-ci n'était pas habituée aux déroutes médiumniques de Pops qui déboulaient sans crier gare contre toute attente et dans des circonstances pas toujours idéales.

— Oui Kathy, j'irai avec toi au cimetière demain, ai-je précisé.

— Il est dans la densité, murmura Pops.

Je remarquai à son air absent que Pops s'était de nouveau échappé dans ses rêves étranges et indescriptibles ; une caractéristique de sa déficience ou de son don suivant les avis et je décidai consciemment de le suivre par empathie en poussant les investigations comme si j'adhérais complètement à sa logique.

— Ça veut dire qu'il y a quelque chose qui n'est pas réglé ?

— Ouais…

— Est-ce qu'il peut nous aider à démêler cette affaire ?

— C'est difficile. Ce serait le retenir dans ce sac de merde. Il a autre chose à expérimenter de plus lumineux. Mais pour l'instant, il est trop attaché à son fils. Tant que le petit n'ira pas mieux il ne pourra pas élever ses vibrations ni se libérer d'ici. Et ça, quoiqu'on fasse pour l'aider.

La chevelure brune qui encadrait le visage de Kathy rehaussait les traits tirés de son visage. Ses yeux noisette restaient attentifs aux propos de Pops et son air sceptique contrastait avec l'aisance que j'éprouvais. Je poussai Pops à exprimer son ressenti et je me sentais objective face à ses discours fabulistes. Que j'adhère ou pas à ses propos n'était pas l'essentiel, ce qui me motivait était d'investir des données au-delà des limites mentales. J'expérimentais mes propres acquis et mon expérience limitée en physique quantique. Je respectais Pops.

Il avait des ressentis qui émanaient de la perception d'autres fréquences vibratoires, d'autres niveaux de conscience. Il jouait le rôle d'un transformateur. La véracité de ses perceptions était moins importante pour moi que la façon dont il arrivait à capter les fréquences et les signaux invisibles au commun des mortels. La matière dense n'était faite que d'une fréquence vibratoire basse qui se déclinait en un nombre incalculable de fréquences plus subtiles. Pops avait l'aptitude à se balader dans ce mille-feuilles. Cela représentait parfois un atout mais aussi un handicap énorme pour lui, compte tenu de la société dans laquelle il vivait. C'était par la conscience du cœur que je pouvais accéder à ce qu'il était et le reconnaître comme une puissance féconde au-delà du cloisonnement des mondes.

Les yeux de Kathy lancèrent un éclat brillant dubitatif et elle s'exclama.

— Vous êtes cinglés tous les deux !

Le rire indécent de Pops résonna dans la maison. Il se ravisa en pensant à Raphaël et se posa immédiatement la main sur la bouche ; il ne fallait pas rire dans une maison en deuil. Face à la mort, on pense parfois à tous ceux qui, de par le passé, sont déjà partis, ce qui me fit poser une question :

— Dis-moi Pops !... Les fantômes de ma maison qui sont-ils ?

Il prit un air absent et ne répondit pas, comme s'il ne m'avait pas entendue. Kathy se leva pour aller refaire du café. Je m'étirai alors dans le fauteuil en pensant à Patrick que je m'imaginais expliquant posément ses arguments aux autorités. Raphaël traversa le salon pour venir récupérer un paquet de cigarettes qui traînait sur la table et disparut de nouveau dans sa chambre, sans un mot.

— Une vieille femme et un homme jeune. Y a des militaires dans ta famille ? Me demanda soudain Pops.

— Non, pas depuis la dernière guerre mondiale, mais je n'étais pas née.

— Et quand tu étais jeune, tu n'avais pas un grand frère dans l'armée ?

— Non, je suis l'aînée. Pourquoi ?

— Parce que tu es suivie.

— Ah bon !... Et... qu'est-ce qu'ils veulent ?

— Que tu les décoinces...

Je restai muette et je le regardai sans à priori, alors il poursuivit :

— Tu sais... Un jour y a un type qui vient me voir et il me dit : « *J'en peux plus !... Ma femme me fait la gueule, mes enfants m'ignorent et mon chien me reconnaît plus !...* » Alors je lui réponds : « *Imbécile, tu vois pas que tu es mort !* » Il le savait même pas ! Une autre fois, j'en ai vu un au cimetière sortir de sa tombe puis replonger dedans... Tu te rends compte, il voulait pas quitter son cadavre ! C'est terrible quand on sait pas qu'on est mort !

Consternée Kathy s'exclama :

— Comment peux-tu dire de pareilles choses ?

— Quoi ? Et l'éther ! Tu crois que ça n'existe pas l'éther... Ce que je vois, c'est pas le corps physique, c'est l'éther !

Affalée dans le fauteuil, j'étais restée silencieuse et j'observais Pops. Il était sincère. Sa manière d'être reflétait toutes ses expériences et ses perceptions. Il n'avait pas la même appréhension de la réalité que le commun des mortels. Percevoir des choses au-delà des normes était-il un signe de faiblesse mentale ? Rien ne prouvait que quelque chose existait au-delà des sens. Pourtant Pops « *marchait entre les mondes* ».

Un sentiment étrange et électrisant jaillit en moi à l'idée de la possibilité de l'existence d'une autre réalité. Je l'avais toujours intuitivement perçu.

— Je n'y crois pas à tes histoires, rétorqua Kathy.

— Tu en as le droit. Tu verras bien un jour de toute façon... Et puis, c'est pas une histoire de croyance. C'est comme ça, c'est tout. Ce n'est pas parce que tu ne vois pas quelque chose que ça n'existe pas tiens, regarde ton tapis... Tu les vois les milliers d'acariens qui mangent les débris ? Et bien les hommes c'est une poignée d'acariens perdus au milieu des galaxies. Y a pas d'espaces vides !... La vie ne s'arrête jamais. Ça donne le vertige... Alors on invente des croyances, ça rassure...

Kathy ne pouvait plus rien absorber de ces propos, elle semblait accablée par les histoires de Pops jusqu'à la limite du tolérable. Je lui adressai alors un sourire entendu et je regardai l'heure sur mon portable. Je lançai encore une fois un appel vers Patrick, sans résultat. Je me levai en me tournant vers Pops ; il comprit sans un mot le signal du départ.

Son discours me fit repenser aux rituels de la peuplade des Mkoko en pays bantou[5]. Il a été décrit que le deuil est un processus actif. La tâche des « deuilleurs » consiste non pas à consoler les vivants, mais à « loger » le défunt au sein des ancêtres.

« Pendant toute une période, le défunt est un « mort-vif » qui existe en étroite contiguïté avec les vivants, (il est même

---

[5] Le pays Bantou regroupe une vingtaine de pays dans la moitié sud de l'Afrique. Le mot « bantou » signifie « humain » en langue Kongo.

66

enterré parfois sous leur lit…) Ce qui importe, ce qui est même essentiel, c'est de le repousser, de le pousser activement parmi les ancêtres qui, eux, sont des « morts morts » et qui, en outre, n'existent en tant qu'aïeux que pour autant que leurs descendants vifs leur rendent suffisamment hommage. Le deuil ne s'opère que peu à peu et pas à pas. Mais le plus remarquable dans cette peuplade et dans ce rituel, est qu'il ne s'agit pas pour les Vivants de se détacher du Mort, mais tout au contraire de détacher le défunt d'avec les Vivants : de le séparer à toute force de ses proches. On dirait que le Mort « s'accroche » et qu'il faut activement le « décrocher » afin de le « loger » parmi les ancêtres. En attendant, il rôde parmi les Vivants, à l'état de « mort-vif », pour ainsi dire de fantôme. (…) Au cours de ce processus, il s'agit pour les « deuilleurs » de séparer les unes des autres les parts de sang et de sperme du « deuilleur » et du « deuillé ». Bien évidemment ces parts constituent l'héritage reçu des géniteurs et, par leur entremise, des ancêtres. Le deuil consiste à désintriquer ces parts qui s'étaient étroitement amalgamées, entre le Mort que l'on pleure et le Vivant qui se sauvegarde. Que le Mort parte avec sa part, et que le Vivant conserve la sienne ! Que les parts se distinguent et qu'elles se désintriquent ! »

« Le conjoint survivant est considéré comme étant contaminé, envahi par les parts du mort qui restent vives en lui. Il faut donc « tuer le Mort afin qu'advienne la vie ».

En effet « un Mort qui reste en vie se venge en apportant la mort auprès de ses proches ». Il fait entendre que le déni de la mort d'un défunt va engendrer d'autres morts ou catastrophes parmi les survivants : c'est bien ce que nous autres avons appris à grand peine, mais il semble que ces peuplades le savent par tradition [6]».

---

[6] Paul-Claude Racamier (1992), *Le génie des origines*, Payot, Paris.

6

Le souffle et la lumière

Il écouta le silence zébré d'un vol de bourdon.

Il était 11 heures du matin quand Patrick prit la route de Luri. Il serpenta entre les forêts de châtaigniers et rejoignit le Col de Sainte Lucie pour redescendre sur le versant occidental du Cap Corse, du côté de la Méditerranée. Sans parapet et à flanc de falaise, la route dévoilait des mausolées avec une vue plongeante sur la mer. Les tombes égrenaient leurs façades blanchies à la chaux dans la rocaille.

Il s'arrêta au village de Pino et gara sa voiture. Ses pas l'amenèrent sur la place de l'église, déserte et silencieuse, accrochée sur un pic rocheux. Il descendit un escalier vers le presbytère, s'assit sur les marches du parvis face à une terrasse de pierres dallées qui semblait déborder sur la mer. Au loin, le petit port de Centuri était accroché à la découpe de la côte. Les mâts de quelques voiliers se dressaient vers le ciel au bord d'un ilot rocailleux. Il écouta le silence zébré d'un vol de bourdon puis laissa s'écouler le temps, l'esprit vide. Une impression lui parlait, une sensation qu'il laissa résonner, puis transpirer détendu, le cœur libre et sans peur. Il se sentait *Vivre* pour la première fois depuis bien longtemps.

Vers 13 heures, Patrick remonta sur les hauteurs du village vers un petit restaurant dont la vue donnait sur une tour génoise tout au bord de l'immensité bleue. Il commanda un loup grillé et une bouteille d'eau d'Orezza tout en pensant à moi.

Je lui manquais, un sentiment d'amour l'envahit, il me l'a dit plus tard... Il aurait aimé que je sois là avec lui, pour réapprendre à vivre au rythme du souffle naturel de la lumière du ciel, de l'odeur du maquis et du vent de la mer...

Une bouffée de nostalgie le traversa, il fallait qu'il entende ma voix. Il voulut alors sortir son téléphone pour vérifier s'il captait un réseau, mais s'aperçut qu'il l'avait oublié. Mon dieu...ici, en Corse, il parvenait enfin à se désintoxiquer du portable...Il envisagea cependant de s'arrêter à la Poste de Luri pour m'appeler.

Distrait par le dépaysement, le chemin du retour lui fit prendre un autre itinéraire. Il avait envie d'aller voir les sommets de la pointe du Cap, de découvrir des points de vue différents, de serpenter dans les paysages vierges. Il traversa un hameau désert et se gara à la vue d'un berger qui ramenait son troupeau de brebis.

— Bonjour. Est-ce que je pourrais acheter du fromage quelque part ici ?

— Peut-être, faut voir... lui répondit l'homme avec flegme.

— Je ne suis pas d'ici mais, ma femme... Elle est Corse, dit-il comme pour se justifier face au manque d'enthousiasme du berger.

Celui-ci leva un regard doux, observa Patrick et demanda.

— Corse d'où ? Du Continent ?

— Oui.

— C'est les pires... répondit-il.

Un silence pesant suivit. Le berger avait un regard clément, il continua d'une voix tranquille.

— Les *Pinzuti* français ça va mais, les *Pinzuti* corses, c'est les plus mauvais... Ils ont bu le lait de nos chèvres dès leur naissance, ils ont grandi grâce au lait de nos chèvres...Sans le lait de nos chèvres ils n'auraient pas pu vivre. Et après, ils sont partis je sais pas où pour gagner de l'argent... Et quand ils reviennent, avec leurs grands airs de prétentieux parce qu'ils ont de l'argent, ils veulent nous prendre de haut et nous donner des conseils... Il n'y a rien de pire qu'un *Pinzutu* corse.

Patrick attendit silencieusement que les mots se posent, que le vent d'automne leur apporte son parfum de maquis, que le bleu du ciel les bénisse. Puis, d'un mouvement de tête, le berger lui fit signe de le suivre avec la violence quasi-immobile et silencieuse de celui qui porte sur lui sa terre et sa loi, avec la certitude de se trouver dans son lieu de refuge, hors d'atteinte. Une construction de pierres sèches au milieu des ronces servait de fromagerie.

L'incontournable insularité confrontait toujours les Corses à cet entre-deux de la mer, à ce va-et-vient séculaire entre le proche et le lointain : ce proche de la chaleur familiale et ce lointain de l'inconnu. Mon grand-père avait quitté l'île pour partir à la guerre et n'y était jamais revenu. Sa famille y était pourtant implantée depuis la conquête de la Corse par les Génois.

Les Corses vivaient tous l'intimité d'une identité corse première et d'une culture française sans cesse à conquérir. Cette contradiction conduisait certains à un dépassement, d'autres à une déchirure. Les Corses portaient le poids de l'Histoire. Pays assiégé, les hautes vallées étaient leur refuge, c'est de la mer que venait le danger.

La place de Luri était déserte et la Poste n'allait pas tarder à fermer.

— Allo, c'est moi chérie...dit-il d'une voix tranquille.

— Tu te fous de moi ou quoi ? Pourquoi n'as-tu pas appelé ? On te cherche partout ! m'écriai-je furieuse.

— Qu'est-ce qui t'arrive ? Tout va bien. Je suis en Corse chez Nicole Bauer. Il n'y pas de réseau pour téléphoner.

— Tout va bien ! Tu es recherché pour meurtre par la police de tous les départements ! Tu es viré de ton boulot ! Et tu dis que tout va bien !

— Meurtre... Meurtre de qui ?

— De Fred !

— C'est quoi ces conneries ?

— Tu n'as pas l'air de te rendre compte de la situation. Fais quelque chose ! C'est insoutenable ce doute.

— Quel doute ?

— Oh Pat arrête !... C'est grave !

— Bon, calme-toi… Je vais aller au commissariat de police de Bastia voir de quoi il s'agit au juste. Et ne t'inquiète surtout pas pour mon boulot, j'ai mon mot à dire. Tu sais…j'aimerais que tu viennes me rejoindre, c'est superbe ici en cette saison… Allo…

— Oui, je suis là. Va vite à Bastia et rappelle-moi.

Après un crochet à la maison, Patrick brancha le chargeur de son portable sur l'allume-cigare de la voiture et reprit la route sinueuse du bord de mer en direction de Bastia. Il avait huit appels de l'hôpital, six de moi, cinq de Pops et des appels de numéros inconnus à la pelle. Il ne prit pas la peine de les écouter en conduisant. À proximité de Bastia son téléphone sonna et afficha sur l'écran « Pops ». Patrick sourit. Il lui était reconnaissant, c'était grâce à lui s'il était là.

— Allo Pops ! S'exclama-t-il heureux de l'entendre.

— Oui, c'est moi ! Je voudrais parler à *Yvan Colonna*.

— Ah oui ! Quelle histoire !

— T'en fais pas. Va t'expliquer, on a la chance que notre pauvre Fred… Il n'était pas Préfet… Tu rentres quand ?

— Pas encore ! Je commence juste à décompresser. Tu as eu une idée géniale, de m'inciter à me tirer.

— Tu crois ?

— Ah oui, je ne te remercierai jamais assez.

**

Le lendemain, je commençais à être un peu rassurée quand notre voisine sonna au portail de la maison à huit heures du matin, comme si la vie avait encore son mot à dire. Elle savait qu'il fallait un certain temps avant d'arriver au bout du jardin et elle prit patience.

J'étais mal réveillée et revêtue d'une robe de chambre. Elle avait l'air emprunté :

— Je t'apporte les journaux de ce matin.

— Merci, monte boire un café.

— Ça ne s'arrange pas, semble-t-il.

— Pourquoi ?

— Tu vas voir… Regarde !

Elle étala les quotidiens sur la table de la cuisine. En gros titres sur les premières pages on pouvait lire : *« Le médecin meurtrier se cachait dans le maquis corse ». « L'assassin présumé du chef d'entreprise Fréderic Roland arrêté hier à Bas-*

tia lors de sa cavale ». « *Le docteur Patrick Masset sous les verrous à Bastia »*.

Pendant ce temps, à l'autre bout de la ville une voiture de police s'était garée dans la cour d'une ferme et trois policiers attendaient devant la porte d'entrée. Un adolescent vint ouvrir.

— Bonjour, nous voudrions parler à M. Jean-Paul Duvivier, est-ce qu'il est là ?

— Oui, c'est mon père. Pa, on te demande !

— Ouais, j'arrive…

— M. Jean-Paul Duvivier ?

— Oui.

— Je vous prie de bien vouloir nous suivre au commissariat de police.

— Je vous suis en voiture ? Ou bien je viens avec vous ?

— Vous venez avec nous, s'il vous plait.

— Bon. Vous me ramènerez, alors ! Ou bien, toi tu viendras me chercher.

Et il donna une tape amicale sur l'épaule de son fils. Confiant, Pops grimpa à l'arrière du véhicule de police et se retrouva peu de temps après dans un bureau face à deux fonctionnaires de l'Etat.

— M. Duvivier, saviez-vous que le docteur Patrick Masset se cachait en Corse ?

— Non.

— Pourtant, nous sommes en possession de l'enregistrement téléphonique d'une conversation que vous avez eue avec lui, datant de trente minutes avant son arrestation hier soir à Bastia, conversation dans laquelle vous faites allusion à *Yvan Colonna*. Est-ce que vous niez les faits ?

74

— Non.

— M. Duvivier, vous venez de dire que vous ne saviez pas que le Docteur Patrick Masset se cachait en Corse.

— Oui.

— Oui quoi ? Vous le saviez qu'il se cachait en Corse, oui ou non ?

— Non.

— Vous savez que vous risquez une inculpation pour complicité de meurtre ?

— Patrick est innocent !

— Ah ! Comme *Yvan Colonna* !

— Ben… Oui.

— Bien…Veuillez passer dans la pièce à côté. Nous allons procéder à un prélèvement ADN et relever vos empreintes.

7

Réminiscences insulaires

Errance autour d'un vieil immeuble napoléonien.

J e suis arrivée à 7 h 30 à Bastia le lendemain matin par le « Napoléon Bonaparte ». La traversée s'était bien passée. J'avais dormi dans une cabine, profité d'une bonne douche et bien déterminé à sortir Patrick de cette mauvaise passe. J'ai même pris le temps de m'offrir un petit-déjeuner non loin du port avant de me présenter au commissariat de police.

— Nous sommes au courant de votre visite, Madame, votre mari a été transféré à la prison de Borgo en attendant que l'enquête avance. Pour l'instant, il reste en Corse. Sur le continent, il n'y a plus de place dans les prisons.

— Je voudrais le voir.

— Ce n'est pas possible pour l'instant, les visites sont interdites.

— C'est-à-dire que j'ai besoin de récupérer les clefs de la maison en Corse. C'est lui qui les a et il faut bien que je me loge.

— Ah ! Je vais voir ce que je peux faire.

Il sortit du bureau et j'attendis silencieuse en compagnie d'un autre agent. Au bout de quelques minutes, la porte se rouvrit et le policier entra.

— Madame ! Il vous faudra repasser en fin de journée pour les clefs, vous pouvez visiter Bastia en attendant.

— Oui, merci ! Comment va-t-il ?

— Bien. On attend qu'il prouve son innocence, ensuite il sera libre.

— Mais il n'a pas à prouver son innocence… l'innocence ça ne se démontre pas, c'est légitime. C'est à la Police de prouver sa culpabilité ou non.

— Comment ça ?

— Je ne sais pas mais, imaginez que l'on trouve un homme mort dans sa salle de bains, assassiné avec un œuf en marbre de Carrare, c'est à la police de prouver la culpabilité du présumé assassin, et non pas à n'importe quel quidam de prouver son innocence, même si un concours de circonstances attire l'attention. S'il plaît à quelqu'un, au véritable assassin peut-être, de lui faire porter le chapeau et que la justice l'inculpe en lui demandant une preuve de son innocence, comment va-t-il s'en sortir !? Il n'y a pas d'innocence à prouver. L'enquête consiste au contraire à prouver une éventuelle culpabilité… Et si on ne peut pas démontrer l'innocence, il arrive qu'on ne puisse pas démontrer de culpabilité non plus. Mon mari n'a rien à faire en prison.

— Oh là là… Madame, l'affaire suit son cours. Repassez en fin d'après-midi, avant dix-huit heures, interrompit l'officier de police.

**

L'air de Bastia fit retomber le stress vécu sur le continent. Dès la descente du bateau et, les pieds posés en ville, un climat paisible semblait régner partout. Une douceur tiède m'enveloppa et un relâchement se fit sentir en me donnant la sensation de flotter. Ce n'était comparable à rien de tout ce que je connaissais du monde. La Corse restait la Corse, unique et éternelle. Intemporelle, cette terre retrouvée après trente ans d'exil semblait me parler de moi-même.

Une nostalgie gravée dans ma chair m'avait soudain saisie ; souvenir marquant de l'enfance. Tant d'années s'étaient écoulées... Je revoyais encore Julia, petite et mince dans sa robe noire de veuve, les traits de son visage déformés par la fureur, jurant contre *Corsica Matin* pour avoir publié un article qui l'avait fait sortir de ses gonds. Et je souris de l'analogie avec la situation présente, comme si la répétition de certaines circonstances rejouait les mêmes notes.

Je me souvenais vaguement de l'adresse de Julia : *Bastia... Boulevard Paoli...C'était côté gauche, en remontant, je ne me souviens plus du numéro. Il y avait une grande cage d'escalier et c'était au deuxième étage porte de droite... Il y a tellement longtemps. J'étais si jeune... Julia ne doit plus être en vie, elle aurait plus de cent ans aujourd'hui...*

J'ai pénétré au hasard dans un vieux hall d'immeuble qui semblait désaffecté ou mal entretenu : je suis montée jusqu'au premier étage. Une ressemblance indicible avec l'immeuble de Julia capta mon intérêt mais je n'étais pas sûre que ce soit là. Je n'étais pas revenue ici depuis plusieurs décennies. La dernière fois que j'avais vu la cousine de mon grand-père, j'avais vingt-cinq ans et l'avant-dernière fois, dix ans.

Ce fut nos deux seules rencontres et leurs souvenirs venaient de resurgir du brouillard de l'oubli comme une nostalgie teintée de mystère.

J'ai parcouru la ville une partie de la journée pour tuer le temps. Mes pas retournèrent malgré moi vers le boulevard Paoli comme si j'étais aimantée par les cages d'escalier lépreuses des vieux immeubles. Je cherchais à saisir quelque chose que je ne comprenais pas. Rien ne pouvait désormais m'apporter quoi que ce soit, mis à part l'empreinte de Julia laissée par les traces d'humidité sur les murs moisis d'un hall d'immeuble napoléonien.

Mes pas vinrent une dernière fois errer devant une porte en bois comme si j'attendais quelqu'un avec qui j'aurais eu rendez-vous. L'idée d'aller plutôt m'asseoir à l'ombre des grands arbres du jardin public m'effleura. Je regardai un taxi qui descendait le boulevard, il passa devant moi pour s'arrêter quelques mètres plus bas contre le trottoir. La portière arrière s'ouvrit. Une fillette maigre à la peau hâlée, vêtue d'un short et d'un débardeur trop grand en descendit. Les mèches blondes de ses cheveux tombaient sur ses yeux inquiets. C'est alors, qu'une petite femme énergique vêtue de sombre sortit d'un immeuble et saisit la fillette par la main pour l'entraîner avec elle vers l'intérieur. Je levai les yeux et lus au-dessus de la porte : n°5. Je regardai le taxi repartir comme dans un rêve, je le suivis des yeux jusqu'à ce qu'il disparaisse au bas de la rue, effacé par la circulation. Quand je levai le nez et regardai de nouveau le numéro de l'immeuble, je lus alors n° 62.

Saisie par une sensation de « déjà vu » Je restai plantée au milieu du trottoir, immobile. Une vague de sensations profonde monta en moi. Quelque chose venait de percuter mes sens et des émotions lointaines grattèrent à la porte de ma conscience. M'arrachant à l'espace-temps insolite qui m'immobilisait, je traversai le boulevard et allai distraire mon attention sur les vitrines des magasins et leur devanture le long du trottoir d'en face.

Mon regard se posa alors sur une image exposée dans la vitrine d'une librairie, un sous-titre précisait : « La salamandre corse ». *Décidément, cette bestiole me poursuit*, pensai-je spontanément. L'image confuse de Pops se superposa à ma réflexion comme pour me signaler une piste à suivre, mais je chassai ces pensées et partis en direction du commissariat de police, il était bientôt 16h 30. Je voulais récupérer les clefs de la maison et la rejoindre avant le coucher du soleil, n'étant pas certaine de la retrouver facilement.

Le personnel du commissariat était étonnamment décontracté.

— Madame, si vous voulez bien vous asseoir... Voici vos clefs et signez là.

Vous comptez rester combien de temps en Corse ?

— Je ne sais pas. J'attends mon mari.

— Si la semaine prochaine vous n'avez pas de nouvelles, vous pouvez repasser nous voir.

— Je vous remercie. Au fait, j'ai cherché le n°5 du boulevard Paoli qui se situait il y a une trentaine d'années au centre du boulevard à gauche en montant et je ne l'ai pas retrouvé ?

— C'est normal, tous les numéros ont été changés suite au réaménagement de la zone. Qu'est-ce que vous cherchez ?

— Rien de spécial, j'ai séjourné à ce numéro quelque temps quand j'étais enfant, de vieux souvenirs.

**

La route du Cap était déserte et le silence pénétrant. Le ciel brumeux se confondait avec la mer et opacifiait l'horizon. J'étais déjà venue passer une semaine de vacances en plein été avec Patrick deux ans auparavant. Nous avions profité de notre séjour au bord de l'eau pour nous détendre, faire de la plongée et dormir dans un ressourcement total. Hors saison estivale, le contexte semblait totalement différent.

Une oppression me serra la poitrine. Eloignée de la frénésie du continent par plus qu'une simple distance, j'eus l'impression d'entrer dans un autre monde.

Quarante-cinq minutes plus tard, à la tombée du soir, mon auto grimpa dans le maquis. Je me garai sur le terre-plein face à la mer, je coupai le moteur de la voiture et je ne bougeai plus. Un silence de plomb m'engloutissait tout entière et je me sentis soudain seule et vulnérable. Les repères autour de moi avaient disparu.

La clef tourna dans la serrure avec une facilité déconcertante, j'entrai dans la maison. Des affaires de Patrick traînaient dans toutes les pièces. Il s'était étalé et cela me rassura. J'ouvris les placards et découvris des provisions permettant de tenir un siège. Dans la chambre, le lit était défait ; je me déshabillai pour me glisser dedans et m'endormis.

**

Le lendemain, l'éclat flamboyant du lever de soleil sur la mer inondait la chambre. Je pris le temps de m'imprégner du spectacle, de sentir le temps se distendre et de contempler l'horizon. La journée passa pourtant lentement et le temps parut long. Combien de jours devrais-je attendre ? L'isolement et le silence s'avéraient de plus en plus redoutables. Le calme extérieur me renvoyait à mon intériorité profonde où une marmite de sensations inexplicables semblait bouillonner. Une angoisse sourde accompagnée d'un sentiment d'abandon inexplicable m'inonda. Je parcourus une carte de la région, il fallait que je m'occupe, que je bouge, quitte à faire du tourisme.

Le souvenir de Julia revint me visiter. Je me revis à vingt-cinq ans entrer dans son immeuble, monter au deuxième étage et frapper à sa porte. Je m'étais retrouvée devant la même personne que celle qui avait marqué mon enfance. Elle ne m'avait pas reconnue et j'avais dû me présenter. Une fois que Julia eut fait le lien, elle ouvrit vigoureusement sa porte et me fit entrer sans un mot, sans un sourire, comme si on s'était quittées la veille. L'impression de déranger m'avait fait ressentir une certaine gêne ou bien le temps avait rongé mes souvenirs. Julia n'avait pas changé, seulement un peu plus voûtée et toujours aussi vive et peu souriante. Derrière sa personnalité austère se cachait un monde en ébullition avec une mentalité, un comportement et une logique profonds que seuls les initiés étaient à même de comprendre. La Corse était structurée selon sa propre logique et sa propre dynamique qui cachait une générosité surprenante.

Ce jour-là, je me souviens que Julia avait l'air en colère. Je ne savais que lui dire. Mon grand-père, qu'elle aimait tant, était mort depuis longtemps et je n'osais pas reprendre les conversations que nous avions eues ensemble à son sujet quinze ans auparavant. Devant sa nervosité, je me souviens lui avoir demandé si tout allait bien. Elle m'avait répondu étrangement.

— Eh ! Avant-hier, ils m'ont cassé les volets !…Viens voir, avait-elle dit visiblement perturbée.

Je l'avais suivie dans la cuisine qui donnait sur une cour intérieure d'immeuble vétuste et salie par les taches d'humidité.

— Eh ! Regarde ça…C'est plein de trous ! C'est des trous de balles. Ils ont tiré au fusil dans la cour, hier dans la nuit… Ils n'ont pas arrêté de tirer. Je les changerai pas, c'est trop cher les volets.

— Qui a fait ça ? Avais-je demandé stupéfaite en découvrant la fenêtre de la cuisine criblée de trous.

Julia n'avait pas répondu, elle s'était affairée nerveusement puis, se retournant subitement vers moi, elle m'avait dit d'un air concluant et ferme.

— Toi, tu ne peux pas comprendre. Tu es une étrangère. Tu es du Continent.

Elle avait servi du café en silence, s'était assise en face de moi, puis m'avait regardée fixement avec ses petits yeux noirs brillants comme si une envie de dire quelque chose la brûlait.

— Tu te souviens de Luca Barboni ? C'était un cousin de ton grand-père !

— Non.

J'avais soudain réalisé que Julia avait vieilli et qu'elle mélangeait les époques.

— Il avait perdu son bras à l'âge de neuf ans en jouant avec des explosifs. C'était à Macinaggio. Il se grattait la main toujours au même endroit, à la base du pouce. Dans le vide bien sûr. Toute sa vie il s'est gratté la main au même endroit…Moi, je savais bien pourquoi !

Elle ouvrit un paquet de biscuits d'un geste vigoureux.

— C'était à cause de la piqûre de l'araignée…Quand son bras est parti dans l'explosion, il n'avait pas fini de la gratter. Alors elle le démangeait toujours… « Le venin exige son dû, tant qu'il n'a pas fini sa vie. Ça existe en dehors de nous ces choses-là. Il faut attendre que ça se termine, il faut gratter le truc jusqu'au bout. C'est pareil quand le sentiment n'a pas fini de vivre, il continue à démanger. Quand on meurt avant d'avoir fini de vivre, c'est pareil. On traîne dans le vide et on continue d'aller gratter là où ça démange.[7] »

Ces paroles subliminales s'imposèrent à nouveau dans mon esprit. Leurs résonances réveillaient un passé trouble qui semblait m'appeler avec intransigeance. J'acceptais, impuissante, ces tourments volatils, non identifiés ; une crainte envoûtante s'infiltra d'heure en heure dans tout mon être.

---

[7]Fred Vargas (2006), *Dans les bois éternels*, Edition Viviane Hamy, Paris.

8

L'ordre au cœur du chaos

*Tout ce qui est refoulé par l'égo, apparaît
dans le monde comme un événement.*
C.G. Jung

Une route déserte s'enfonçait vers l'intérieur des terres
en direction du Col de Sainte-Lucie. La montagne omniprésente débordait sur les lacets sinueux de la route qui serpentaient à travers les forêts de châtaigniers. La nature vierge et
sauvage renvoyait à une solitude extrême.

Une fois ma voiture garée au sommet du col, je partis à pied
sur un sentier montant qui conduisait à l'ancien couvent de
Saint-Nicolas.

Vide et abandonné, il était caché dans les arbres et dégageait une mélancolie austère. Au-dessus d'un énorme rocher
qui dominait le monastère se dressait un donjon que l'on appelle la Tour de Sénèque. Je continuai à grimper pour atteindre
l'étrange construction datée du Moyen Age. Je me retrouvai
bientôt au centre géographique de la péninsule, à mi-parcours
d'un tour du Cap Corse. Au pied de la Tour, le spectacle était
magnifique. D'un côté, la mer de Toscane, l'île d'Elbe et l'île
de Capraia, de l'autre, la Méditerranée, le large, l'infini, des
hameaux accrochés aux vallons verdoyants, des tours en ruine
et des donjons abandonnés qui laissaient deviner les forteresses d'antan.

Derrière la tour, j'escaladai une corniche en pierre pour admirer, sous un autre angle, les îles italiennes. À mes pieds, un vide vertigineux me surprit et je n'eus que le temps de me plaquer contre la paroi rugueuse pour éviter le déséquilibre ou la chute. Tétanisée, je m'accroupis pour ramper en marche arrière afin d'échapper au vertige et me réfugiai sur une vaste plate-forme rocheuse. Un malaise indéfinissable m'envahit et je restai assise sans bouger, face au « bout du doigt » du Cap Corse, en proie à un chavirement incessant.

Pas un souffle d'air ne troublait l'immobilité de l'horizon sans fin. La mer était mauve avec des éclats scintillants comme l'étaient les yeux de mon père quand il me racontait, enfant, que son arrière-grand-père navigateur, avait été l'un des premiers Cap corsins à franchir le Cap Horn avec son trois mâts. Je ne l'avais jamais vraiment cru mais ce jour-là, je me dis que c'était peut-être vrai !

La ligne de crête qui sépare les deux versants du Cap Corse au pied de la tour de Sénèque révélait un univers minéral surréaliste. Mais mon vertige s'accentua et je voulus redescendre vers le couvent Saint-Nicolas. J'amorçai donc mon retour vers les châtaigniers quand, étourdie, au lieu de me diriger vers la gauche je partis dans une autre direction. Bientôt le sentier rocailleux sembla se rétrécir alors qu'il aurait dû s'élargir mais je persistai à avancer, pensant retrouver le chemin. Une couleuvre ondula devant mes pas comme pour me couper la route et m'indiquer de faire demi-tour, sans faire cas du signe et, sourde aux secrets des choses, je me retrouvai bientôt au cœur d'une épaisse forêt au profil tourmenté ! Des rochers creusés de multiples anfractuosités et aux excroissances fantasmagoriques m'entouraient. Les troncs des arbres étaient torturés dans des positions inimaginables. Perdue dans cette forêt de sorcières sortie tout droit d'un conte de fées, je commençais à étouffer dans la densité minérale et végétale. Le terrain glissant m'entraînait vers l'avant comme pour m'aspirer. Le lieu ressemblait à un décor de film d'épouvante. Voulant rebrousser chemin, il me fallut reprendre des forces et je tentai de retrouver mon équilibre avec difficulté en m'accrochant aux branches basses. Des sensations de picotements irradièrent de ma nuque. La pente sembla encore s'accentuer quand, devant moi, j'aperçus une porte gigantesque. Trois monolithes disposés en dolmen s'étiraient vers le haut, trônant au milieu de l'enchevêtrement végétal qui s'ouvrait sur un relief naturel surréaliste. Je reconnus une porte de temple antique. Il était pourtant impossible qu'une telle construction se trouvât dans un endroit pareil. Cette porte paraissait naturelle, née du bouleversement chaotique des éléments qui semblaient hanter le lieu.

Happée par ce décor insolite, une inquiétude trouble m'envahit et je voulus fuir, bien que la porte me fascinât ! Je fis alors un pas en avant, prudemment, seulement pour voir d'un peu plus près l'impressionnant monument. Mes pieds glissèrent soudain sur les feuilles sèches qui recouvraient le sol et je fus entraînée d'un seul élan dans la pente, m'arrêtant de justesse à l'entrée du passage.

Là, je fus terrifiée !

À mes pieds, la porte s'ouvrait sur un précipice vertigineux qui tombait à pic dans des anfractuosités rocheuses diaboliques.

J'étais au bord d'un gouffre. Le frémissement des cimes des arbres qui prenaient racine trente mètres plus bas au milieu d'un agglomérat de roches déchirées, décuplait le charme de ce cadre ensorceleur. Instinctivement, je compris que je ne pouvais plus me permettre d'avoir peur sinon je serais aspirée par le vide et ce serait la chute. Une énergie considérable monta en moi. J'eus l'impression qu'une force verticale jetait des tentacules, des racines invisibles qui me rivaient au sol et aux

87

rochers pour m'ancrer au centre de la terre. Cela me permit de me stabiliser.

Je ne pouvais pas fuir. En moi brûlaient les miasmes de toutes les peurs accumulées depuis le début de la création de l'humanité. Forcée d'accepter la situation, de confronter la terreur passive qui m'immobilisait, une perception nouvelle aiguisa soudain mon attention. Lentement, d'un geste précis, je posai ma main sur le pilier droit de la porte, comme pour faire savoir au monolithe que ça suffisait. Je m'adressai à la roche comme si elle était vivante ; *ça suffit, je retrouve mon équilibre !* Ai-je exprimé avec tout mon être. Et je pus reculer. Je saisis alors une branche qui semblait me tendre la main et je fus toute entière dans cette main, à l'écoute des éléments qui me guidaient. C'est à ce moment-là que je sus que tout était vivant autour de moi.

Trouvant la force de m'extraire du lieu, je parvins à rejoindre la plate-forme rocheuse sur la ligne de crête qui sépare les deux versants du Cap Corse. L'esprit vide, j'étais complètement dans l'instant présent.

Face à la mer, qu'une brume avait enveloppée d'un voile laiteux, une nouvelle sensation s'était dilatée au creux de ma poitrine. Soudain, je me sentis transportée à des milliers de jours dans le temps et l'espace, réveillant mille souvenirs enfouis. C'était la mer qui me les ramenait cette fois. J'avais passé le Cap Horn de mes peurs et je voyais mon passé en face, sans appréhension.

La porte du diable s'avéra initiatique et la mer de mon imaginaire se peupla de bateaux. J'entendis la voix de mon père crier : « Cap sur la Giraglia ! ». Et j'eus envie, pour la première fois depuis bien longtemps, de me souvenir, de me souvenir contre l'effacement.

Même oubliés et parce qu'ils ne sont pas intégrés, certains événements ne cessent de faire un retour sur l'image.

Un passé datant de quelques années seulement, resurgit.

Nous venions de quitter l'île des Embiez sur un voilier battu par la houle, le cap fixé sur l'île de la *Giraglia* qui semblait être comme « un point sur un i au sommet du Cap Corse ». Son phare avait été jadis l'un des plus puissants de la Méditerranée. Cette île toute proche me renvoyait à des histoires oubliées. Le parfum de la Corse semblait m'infuser une nostalgie aussi envoûtante que l'odeur des immortelles qui embaumait le maquis ; des souvenirs marqués dans l'âme, mais qui se trouvent enterrés sous les couches d'évènements toujours plus amères.

D'île en île, nous avions rejoint Elbe, puis naviguant au large de la côte italienne, atteint la Sicile en passant par les îles Eoliennes et ses volcans actifs : Vulcano et Stromboli. Au départ de Lampedusa, le vent dans les voiles, nous avions vogué vers Monastir, la terre ferme de Tunisie. Une joie ineffable me transporta un instant sur les ailes de mes songes où je replongeais dans le regard insondable et bouleversant d'un dauphin sauvage.

Mon père disait que tous les paysages du monde se retrouvaient autour de la Méditerranée, que cela ne servait à rien d'aller naviguer plus loin. Il pensait que « toutes les civilisations du monde étaient nées au bord de la Méditerranée et qu'elles s'éteindraient un jour au bord de la Méditerranée ».

Je l'avais quitté en reprenant un avion pour la France, le laissant seul continuer ses voyages sur son voilier de quinze mètres qui le berçait de liberté. Pendant dix-sept ans, il vogua, solitaire, allant jusqu'aux confins des côtes israéliennes, s'installant pour un an ou deux dans des coins de Turquie, de Grèce où d'ailleurs, allant au gré des vents vers ses choix de destination, épris de découvertes, d'aventures et se murant aussi dans une solitude et un isolement inhumains.

Au bout de dix-sept ans, « la civilisation en lui » avait fini par s'éteindre. Son sang corse avait repris le dessus. Il était devenu le « Gardien de sa terre », c'est-à-dire de « toutes les Terres de ses choix qui bordent la Méditerranée ». Trouvant dans cette possession l'assurance d'être en son lieu de refuge, hors d'atteinte. Seule la mer, dans son indétermination, dévoilait l'unité de tout cela. Son désir de fuite était le résultat de son imaginaire confronté au réel, lequel lui imposa cet art d'exister. Mais cette victoire marquait aussi une limite à son monde et à ses possibilités d'exister, jusqu'à son premier et dernier naufrage, la vieillesse.

La Corse me signifiait autre chose. Mon père n'y avait mis les pieds qu'à trente-cinq ans quand il eut fini de construire son premier bateau. Et c'est ce premier tour de Corse en voilier qui me tourmentait. À cette époque, l'ile était sauvage : aucun touriste, peu de routes et le littoral n'était pas accessible par voie terrestre. Vu de la mer, le seul moyen de transport à terre semblait se faire à dos d'âne. La plupart des plages où nous accostions s'avéraient vierges et inhabitées. Nous n'avions que peu de contacts avec la population locale sinon pour aller se ravitailler en produits de base dans quelques hameaux perdus dans les montagnes. Nous vivions comme des robinsons le temps de l'été, bivouaquant la nuit aux abords des criques sauvages, vivant de la pêche et naviguant à la voile avec les bons et les mauvais jours.

Tous ces souvenirs me revenaient comme une inondation. Je sentis soudain quelque chose me frôler qui me fit sursauter. Je crus voir s'éloigner un insecte volant, et je me mis soudain à imaginer… les battements des ailes d'un papillon en Biélorussie qui avait déclenché un séisme dans mon enfance corse. *Corsica… Corsica, qu'est-ce que tu me racontes ?…*

Le chemin du retour descendait sur la gauche vers le couvent. Frissonnante et craintive sans raison apparente, je parcourus une grande distance à pied pour retrouver ma voiture garée au sommet du Col de Sainte-Lucie. Lentement, je roulai en m'engouffrant de nouveau dans les forêts denses de châtaigniers. Le ciel disparut tout d'un coup, la végétation devint obscure et des frissons descendirent le long de ma colonne vertébrale. Des ombres grimaçantes semblaient hanter la route. Le gouffre tortueux qui avait failli me perdre réapparaissait comme un hologramme hideux. J'accélérai comme pour fuir, mais les virages qui s'enchaînaient, freinaient mon allure. J'eus la sensation que la voiture n'arrivait plus à avancer ; mon pied sur la pédale d'accélérateur n'avait plus la force d'appuyer. Tremblante, les mains moites, ma tête commençait à tourner et je n'eus que le temps de me garer sur le côté de la route contre une paroi rocheuse surmontée de grands arbres. En proie à une angoisse sourde, je me mis à respirer lentement, profondément en attendant que le malaise se dissipe. Un silence de mort régnait. Une branche d'arbre cassa et tomba sur le capot dans un bruit fracassant. Figée par une emprise incompréhensible, j'attendis fébrilement qu'un regain d'énergie me revitalise et me permette de repartir. Une autre branche s'abattit sur le toit de l'auto sans que le moindre souffle d'air ne trouble les feuillages.

Je démarrai pour aller me garer deux virages plus loin. Me penchant vers le vide-poche pour chercher des bonbons à la menthe, je fouillai en vain sans pouvoir les retrouver quand, un sursaut me fit relever les yeux ; comme par magie des feuilles de châtaignier s'étaient collée sur le pare-brise en l'obstruant complètement. Activant les essuie-glaces sans résultat, j'ouvris la portière. Un froid glacial me saisit et des picotements irradièrent de nouveau dans ma nuque. Je sortis de mon véhicule pour dégager maladroitement les feuilles quand, m'apprêtant à y remonter, je jetai un regard en arrière vers la route…Et c'est là que je le vis !

Un souffle de stupeur m'échappa…Il était sans âge, jeune et vieux à la fois, et il me regardait d'une étrange façon. Ses vêtements, de la même couleur que la végétation, le faisaient se confondre avec le foisonnement des feuillages de l'abord routier. Ses yeux délavés étaient marqués de cernes noirs. J'ai alors attendu quelques secondes, saisie par un trouble étrange, hésitant un moment avant d'envisager de l'écouter, mais son regard semblait vide... Il me regardait pourtant comme pour m'interpeller. Effrayée et à la fois émue, je repris le volant animée par des sentiments contradictoires ; mon élan de fuite était freiné comme si une force invisible essayait de me retenir.

**

Contrainte de céder à mon trouble, je me garai sur la place du village de Luri devant le bureau de poste. Je n'arrivais pas à donner un sens à cette étrange rencontre quand soudain les paroles de Pops resurgirent dans mon esprit : « tu n'as pas un grand frère qui est dans l'armée ? » « Tu es suivie... » « Les fantômes de ta maison ... Une vieille femme et un homme jeune... ». Tout ça s'embrouillait dans ma tête. J'entrai alors dans le bureau de poste pour téléphoner à Pops ; le seul illuminé que je reconnaisse et qui soit apte à m'aider pour éclaircir cette fiction.

— Allo, Pops ?

— Oui, ça va. Je suis sorti de garde à vue, et Patrick ?

— Je l'attends toujours... Dis-moi, je sens des choses vraiment bizarres ici...Comment faut-il faire pour les décoincer ?

— Les décoincer ? Ah oui les morts ! Ce sont des histoires inachevées qui se sont cristallisées et c'est ça qui les retient, alors il faut reprendre l'histoire et la comprendre. Mais atten-

92

tion, en dehors de la dualité et sans jugement, sinon les énergies se polarisent et le nœud s'accentue au lieu de se défaire.

— Tu crois ? Mais je n'ai pas d'histoires inachevées !

— On croit tous ça... Parfois c'est un lieu commun. Parfois même pas !

— Un lieu commun !... Qu'est-ce que ça veut dire ?

— Des choses qui ne t'appartiennent pas en propre, mais dans lesquelles tu as été impliquée et qui créent un lien sensible sans que tu le saches. Tout dépend de ta réceptivité à ce genre de chose... Laisse venir.

— Il suffit donc de comprendre, c'est tout ?

— Oui, mais pas avec la tête, tu le sais bien !... Ensuite, monte ta fréquence vibratoire le plus possible. Je suis avec Fred, on avance et il sera bientôt libre.

— J'ai peur.

Le rire indécent de Pops résonna dans le combiné téléphonique et envahit le bureau de poste de Luri.

— Sacré *Mazzeru* ! dis-je en prenant soudain de la distance.

— C'est quoi ça ?

— C'est le nom que l'on donne en Corse à ceux qui te ressemblent. Ici, les gens en ont peur, les *Mazzeri* prédisent la mort. Ils vivent en lisière des villages près du maquis. Il m'a semblé en voir un tout à l'heure... Mais j'ai peur qu'il s'agisse de l'homme jeune qui me suit... Ça me fout la trouille, Pops ! Qu'est-ce que je dois faire ?

— Tu dois l'aider à se décrocher de la vibration terrestre qui le retient dans la souffrance de son existence passée. S'il vient vers toi, c'est qu'il y a un sens à sa démarche. Laisse-toi guider et n'aie pas peur. La mort, c'est le dernier ennemi à vaincre.

Pops se mit à me chanter quelques notes de l'opéra de Bizet « *Les pêcheurs de perles* », puis il raccrocha sans plus de commentaires, comme si ce genre de situation lui était familier.

Quand j'entrai dans la maison de Nicole Bauer, je donnai deux tours de clef à la serrure de la porte d'entrée, descendis le store de la baie vitrée et enfilai des vêtements chauds. Je fouillai dans les tiroirs à la recherche d'un médicament qui pourrait me soulager de mon état fiévreux mais je ne trouvai rien. Je me mis alors au lit avec un bol de soupe chaude en me laissant saisir par mon malaise comme pour l'apprivoiser.

Des images lointaines revenaient m'habiter. Le souvenir d'une vache qui m'avait surprise dans le maquis quand j'étais enfant réapparut. Je souris de la puérilité de l'événement en me laissant voguer au gré des vents de mon hypersensibilité à la recherche du carrefour d'histoires inachevées et de lieux communs. Après tout, Pops avaient peut-être raison, une histoire inachevée semblait me poursuivre… sans doute fallait-il que je m'en occupe. Mais comment faire pour tourner les pages de l'histoire ? Pas avec la tête disait Pops, « mais en montant la fréquence vibratoire »… Je comprenais que ça ne devrait pas être un simple processus mental, mais quelque chose de plus global, voir de plus spirituel.

Il s'agirait d'une sorte d'intégration plus existentielle comme dans cet ouvrage d'un psychothérapeute suisse qui parle de la dimension globale et non duelle de notre être, le sujet en soi, qui transforme et transcende les évènements. Dans cette approche, l'auteur insiste aussi, comme Pops, sur la nécessité d'intégrer ses histoires pour qu'elles ne perdurent pas dans nos vies, mais aussi pour qu'elles ne se transmettent pas à nos enfants.

9

Les pêcheurs de perles

Etre ce que nous sommes, et devenir ce que nous sommes capables de devenir, est le seul but de la vie.
Robert Louis Stevenson

Pops quitta sa ferme en chantant la Tosca, un panier rempli de raisins noirs au bras. Il traversa tranquillement son champ pour aller enjamber le muret qui le séparait du lotissement où se situait la maison de Fred.

Sans transition, il tendit aussitôt son panier à Kathy qui l'avait vu arriver.

— Merci, c'est gentil. Entre.

— Il est bon. C'est du muscat. Il a bien donné cette année.

— Je te fais un café ?

— Non merci.

Raphaël apparut, le visage fermé, et salua Pops d'un mouvement de tête.

— Bonjour Raphaël. Tu as encore mal à l'estomac ?

— Oui. Comment tu le sais ?

Pops haussa les épaules.

— Je vais regarder ça, si tu veux ?

— Si tu veux... répondit Raphaël d'un air désintéressé.

— Va t'allonger sur ton lit !

Raphaël se dirigea vers sa chambre et s'allongea sans conviction. Pops, silencieux, s'assit sur le lit, lui posa les deux mains sur l'estomac et sa respiration s'amplifia progressivement. Raphaël se laissa faire sans rien dire, surveillant de temps à autre du coin de l'œil le visage concentré de Pops et se détendit peu à peu, abandonnant ses résistances. Au bout d'un moment Pops prit la parole.

— Ce n'est pas de ta faute... C'est normal les disputes entre père et fils, ça a toujours existé... Ce n'est pas grave en soi... Ce n'est pas l'œuf que tu lui as lancé au visage dans ton moment de colère qui l'a tué... Il était déjà malade.

Raphaël sursauta et resta figé. Ses yeux ahuris et plein de terreur à la fois, se braquèrent sur Pops.

— Comment tu sais ça, toi ? articula-t-il.

— C'est écrit dans ton corps, je lis c'est tout... Fred est toujours vivant même si tu ne le vois pas. Il attend que tu guérisses de ta colère pour être vraiment libre. Son seul lien terrestre, c'est toi. Tu l'entraves avec tes conneries de te sentir coupable. Parle-lui, il entend. Quand le moment sera venu, tu le sentiras, je te le promets. C'est comme ça, c'est tout ! Il faut défaire le nœud de l'incompréhension. Ouvre ton cœur, arrête de juger et tu verras plus large. Tout est si simple... Le plus difficile, c'est d'arriver à être simple !

Les larmes coulaient toutes seules sur le visage de Raphaël, noyant son visage impassible. Pops posa alors sa main sur sa poitrine. Des sanglots jaillirent doucement, puis par saccades sans discontinuer pendant un long moment. Pops retira enfin sa main et se tint assis près de lui, en silence, les yeux fermés sur sa propre intériorité. Le regard brillant, Raphaël regardait le plafond. Son visage était éclairé d'une douce lueur qu'une respiration ample et calme semblait maquiller de clarté.

—Tu sais Raphaël, aujourd'hui les choses sont différentes d'avant. Tout a changé ; le temps s'est accéléré. Les charges émotionnelles pètent à la gueule de tout le monde...C'est à cause du champ magnétique de la terre qui diminue et de sa fréquence qui augmente. Les histoires inachevées créent des charges émotionnelles toxiques, faites de violences, de peurs et de poisons... Avant, tout ça était maintenu au fond de soi par des sceaux magnétiques, c'était plus ou moins verrouillé, c'était maîtrisable et on pouvait contrôler. Aujourd'hui, avec le changement vibratoire planétaire, ces sceaux magnétiques lâchent. Les décharges émotionnelles qui sont libérées sont tellement violentes que les gens n'arrivent plus, ni à les contrôler, ni à les gérer. Tu vois bien tout ce qui se passe !... Pour un oui ou pour un non, tu es poignardé en pleine rue, à midi, à la sortie des bureaux, en plein centre-ville. Ça pète à la gueule de tout le monde et de n'importe qui, dans les familles, les pays, le monde et l'univers et on n'est qu'au début du processus ! La violence des décharges est parfois insurmontable. Pour éviter d'en arriver à ce stade, il faut reprendre les problèmes à la base, c'est-à-dire achever de résoudre les situations pas claire, les histoires non terminées. Il faut du courage pour s'affronter soi-même. Reconnaître que l'autre n'est qu'un miroir et que toutes les contrariétés trouvent leur origine dans notre chaos intérieur. Le seul pouvoir qu'on ait, c'est de transformer notre vécu et d'arrêter de dégueuler nos misères sur les autres. Tu sais... Jusqu'à vingt ans, j'étais un anormal, un genre d'autiste. J'ai commencé à parler à vingt ans. Un jour, bien plus tard, j'ai décidé de m'attaquer à ma propre douleur, à mes propres blessures qui m'avaient conduit à percevoir autrement les autres. Aujourd'hui, j'ai accepté la responsabilité de qui je suis, de ce que je suis et de comment je suis... sans faire porter le poids de ma charge à tout le monde. Je transforme tous les jours un peu de mon chaos intérieur. Je me sens libre et rempli d'amour. Je suis devenu autonome à ma façon. Avant, on m'ignorait… Maintenant, à cinquante-trois ans, c'est toujours pareil… Mais je ne me sens plus rejeté. Ton père, il m'aimait bien… je n'ai jamais su pourquoi. Pourtant, tout nous séparait. Je vais l'aider à partir comme il faut, il n'était pas prêt… Et toi, tu as ton rôle à jouer là-dedans. C'est comme ça … C'est tout. Et ton ami avocat, tu l'as revu ?

— Non.

— Il peut t'aider.

— Je n'ai pas besoin d'avocat.

— Je sais… Mais à un autre niveau je voulais dire, celui de votre relation intime.

Raphaël interloqué regarda Pops mais celui-ci avait déjà le regard lointain et détaché.

**

J'ai posé le bol de soupe vide sur le sol à côté du lit en laissant venir tout ce qui me passait par l'esprit, en essayant de n'en rien retenir. Etre le témoin du passage de mes pensées, accueillir mes émotions sans m'identifier prirent la tournure d'un effort conscient. Les paroles de Pops me revenaient :

« Pas avec la tête… Monter la fréquence, monter la fréquence… » Il était drôle Pops ! Comment pouvais-je faire pour élever ma fréquence vibratoire ? Des souvenirs agréables peut-être ! La peur la faisait baisser bien sûr ! C'est alors qu'un passage d'un livre me revint à l'esprit : « L'Antiquité soutient la croyance spécifique selon laquelle le défunt qui n'a pas été enterré ne peut avoir accès au monde des morts. L'esprit de l'homme ou de la femme qui a été privé de

sépulture hantera les rives du *Léthé* en cherchant passionné-
ment à se souvenir et à se rappeler à la mémoire des vivants. [8]»

Je me souvenais aussi d'une coutume que Freud avait rap-
portée dans *Totem et tabou* : « Les observateurs ont été frap-
pés par le deuil auquel se livrent les tribus sauvages de
l'Amérique du Nord en l'honneur de l'ennemi tué et scalpé. À
partir du jour où un Choctaw a tué un ennemi, commence pour
lui une période de deuil qui dure des mois et pendant laquelle
il s'impose de graves restrictions. Il en est de même chez les
Indiens Dakotas. Après avoir commémoré par le deuil leurs
propres morts, ils prennent le deuil de l'ennemi, comme s'il
avait été un ami. »[9]

L'équipage des trois catamarans qui firent ce premier tour
de Corse, m'est revenu à l'esprit. Je me mis à tanguer intérieu-
rement comme au rythme d'une houle nauséeuse.

Deux coques en polyester soutenaient le carré extérieur
sommaire du voilier avec ses cordages soigneusement enroulés
de part et d'autre. Nous étions quatre sur six mètres carrés à
naviguer à la voile pendant des milles et par tous les temps. La
navigation me fut souvent un calvaire alors que la terre m'était
une source de joie et de découvertes. Sur l'espace réduit du
voilier, il me fallait me caler dans un coin, sans bouger, et
changer de place à chaque virement de bord. Quand la houle
ne me soulevait pas le cœur, c'était le calme plat sans un
souffle d'air, qui s'éternisait sur une mer d'huile et un soleil de
plomb. La longue attente à guetter le vent éveillait mes sens. Je
passais mon temps à mouiller un doigt dans ma bouche afin
d'essayer de sentir la fraîcheur d'une éventuelle brise qui aurait pu nous sortir d'un immobilisme lancinant.

---

[8] Georges Steiner (1986), *Les Antigones,* Gallimard, Paris.
[9] Sigmund Freud (1923), *Totem et Tabou*, Payot, 1965, Paris.

J'avais développé mes sens à l'école de la nature. Ces journées éprouvantes semblaient satisfaire les adultes, seule ma mère souffrait de ces conditions de vie précaire en vomissant son mal de mer à chaque traversée difficile. Nous dormions tous à la belle étoile sur les plages aux abords du maquis, parfois autour des braises d'un feu finissant, un jour ici, deux jours là. Et nous repartions affronter la mer vers d'autres rivages sauvages.

Mon père et son ami Dédé pêchaient et nourrissaient les équipages ; le menu des repas ne variait jamais : poissons, langoustes. Quand la tempête se levait, nous étions forcés de rester à l'abri, sur un morceau de terre à attendre la bonne volonté des dieux. Cela pouvait s'éterniser plusieurs jours et les vivres finissaient toujours par manquer, alors nous mangions le pain moisi et la quête d'eau douce devenait vitale. A travers le maquis, chargés de jerricans, nous traversions des étendues de végétation sèche et inextricable. Un creux de rocher dans un amas minéral entouré de verdure, une flaque sur de la mousse, autant d'indices qui nous permettaient de remonter jusqu'à la source. Et nous passions la journée à remplir nos bidons à l'ombre des eucalyptus. Je retrouvais souvent des têtards dans mon gobelet en plastique mais je ne m'en offusquais plus ; mon père disait que c'était la preuve que l'eau était bonne.

Lorsque la mer était calme, les chaudes journées s'égrenaient interminablement. Allongée à l'avant du voilier sur une des coques du catamaran, le dos grillé par le soleil, j'écoutais le clapotis des vagues résonner sous le bateau. Enivrée d'air marin, l'eau salée avait tracé sur ma peau des auréoles blanches et décoloré mes cheveux. Les journées en mer s'éternisaient et il me tardait toujours d'arriver à terre, n'importe où.

Plier bagage et lever le camp m'étaient une déchirure. Comme un mini exil, je devais sans cesse abandonner mon territoire. J'avais besoin de racines et les repères de nature terrestre qui me rassuraient ne duraient jamais bien longtemps. L'ombre d'un tamaris dans un repli de sable blanc en retrait d'une plage m'avait un jour offert un refuge et permis d'absorber autre chose que les morsures du sel et du soleil. J'avais investi le lieu secret recouvert de branchages afin d'aller respirer les odeurs de la terre. La fraîcheur des feuillages à l'heure de la sieste m'avait accueillie une dernière fois avant notre prochain départ.

Un brusque remue-ménage dans cette nature éparpillée me fit sursauter ce jour-là. De gros yeux me fixaient avec une telle insistance que j'avais dû m'éclipser en douceur, l'intruse ne se décidant pas à quitter mon territoire ! À l'aide d'une branche, j'avais fermé l'accès de mon sanctuaire en écrivant sur le sable ces trois mots : « Interdit aux vaches. » Je voulais préserver le lieu en vue de mon éventuel retour. Je savais bien que les vaches ne savaient pas lire, mais je savais aussi déjà que l'affirmation d'une intention suffisait à agir sur la matière et les événements.

Mon chemin allait me ramener, quarante ans plus tard, exactement au même endroit.

Quelqu'un frappa à la porte et me ramena dans l'instant présent.

— Qui est là ?...Patrick c'est toi...

Personne ne répondit mais je crus percevoir un bruit extérieur or, seul le vent qui s'était levé semblait habiter le maquis. Fiévreuse, je cherchais à m'endormir quand la vision de cet homme au regard vide revint me tourmenter. Etait-ce vraiment un revenant ou un *Mazzeru* ou bien avais-je rêvé ? L'avais-je vu vraiment ? Je doutais. L'impression laissée par l'étrange épisode de l'après-midi me faisait peur et je cherchais à fuir en essayant de penser à n'importe quoi sauf à ça. J'étais seule au milieu du maquis corse rempli de revenants, de sangliers et de bandits... Un frisson me parcourut en y repensant. L'attrait de la montagne me quitta et je choisis désormais de parcourir le bord de mer en attendant le retour de Patrick.

« La tuerie de Pineto : un bandit corse attaque des campeurs ». Cette phrase, resurgie du passé, effleura ma mémoire. L'histoire était pourtant classée !

Après un petit matin lumineux, dans l'air frais du large, sur une mer calme et sous un ciel dégagé, la transition se fit sans aucun préavis, comme une trahison : d'un seul coup tout s'assombrit et, en quelques minutes, ce fut la nuit noire !

Des éclairs fendant l'obscurité illuminaient les vagues démontées qui balayaient le carré du voilier. Blottie à la base du mât sans bouger, j'assistai à la furie d'un orage en mer. La pluie s'abattait violemment et le vent sifflait dans les haubans. Le bateau atteignit une vitesse record et fonça vers les falaises de la baie. Je n'avais pas de gilet de sauvetage. Ma mère paniquée tenait la barre pendant que les hommes intervenaient dans les voiles. La pluie était glaciale et l'eau de mer qui me submergeait par moments, me réchauffait de sa tiédeur. Je revois mon père se précipiter sur moi, une corde à la main pour m'attacher au mât ; les vagues déferlantes étaient en train de me happer avec violence. Le tonnerre claquait dans un vacarme assourdissant et les éclairs incessants pleuvaient autour de nous comme le feu des armes sur un champ de bataille. Je m'étais mise à pleurer, consciente que le mât métallique auquel j'étais liée risquait d'attirer la foudre d'un instant à l'autre. J'attendis l'impact fatal, d'abord en pleurant, puis en me taisant, résignée comme une condamnée à mort.

À ce moment-là, une série d'images floues défila dans ma tête comme à regret. Je me vis contrainte de renoncer à la vie. J'avais dix ans et mes espoirs de quelque chose de non-formulé s'éteignirent.

J'avais cru que c'était la fin et m'étais soumise au destin, impuissante. Basculée et entraînée vers l'avant, j'avais entendu crier en tous sens dans une confusion totale.

Le mât se dissocia du bateau, les voiles claquèrent violemment en giflant l'air dans un vacarme assourdissant et la vitesse nous entraîna à vive allure vers les anfractuosités des falaises. J'ai vécu une terreur ultime, puis une soumission inconditionnelle m'apaisa et la certitude d'une autre existence au-delà des tempêtes vit le jour en moi, pour la première fois.

J'étais toujours dans mon lit à me retourner sans cesse. Je réalisais qu'il m'était impossible de détourner mes pensées d'un appel profond. Puisque, j'étais toujours vivante, je pouvais essayer de me rappeler l'issue de cet orage en mer. Le souvenir de mon acceptation mystique pendant la tempête me troubla, comme si mon instinct de survie n'était pas très développé. Cette réflexion me permit de prendre la mesure de ma distance face aux événements de cette situation de crise. La vision du catamaran sortant tout d'un coup de nulle part éclata dans mon esprit. Ses deux coques démâtées flottaient sous un ciel bleu inondé de soleil avant de s'échouer en douceur sur une plage de sable blanc.

Nous avions traversé l'orage.

Le passage de l'ombre à la lumière s'était produit d'un seul coup.

Une énergie continuait à me guider à mon insu vers des rivages connus mais inexplorés. Le passé reprenait corps dans l'instant présent comme le venin de la piqûre de l'araignée sur le bras fantôme du cousin de Julia. J'aurais voulu poursuivre ce voyage à travers mon enfance corse afin de comprendre mon trouble et descendre plus profondément dans le mystère de mon être. Je m'endormis, sans doute apaisée d'avoir fait ce choix, plutôt que de m'agiter face à mes peurs.

Les voiliers avaient dépassé les bouches de Bonifacio.

La mer était agitée et une autre tempête menaçait. Parsemée de brisants et d'écueils, la zone était dangereuse.

Nous étions arrivés juste à temps sur l'île des Lavezzi pour nous mettre à l'abri. Un énorme rocher lisse surplombait notre campement.

Tout près, le petit cimetière de la Sémillante dormait depuis l'an 1855. Cette frégate avait fait naufrage une nuit de février et s'était brisée sur les récifs en coulant instantanément. Les membres d'équipage, constitués essentiellement d'hommes jeunes, avaient tous péri. Certains corps rejetés par la mer, reposaient comme au cœur de l'oubli entre quatre murs de pierres blanchies.

Aux alentours s'étalait un décor digne d'une planète inconnue. Des amas de roches fantastiques recouvraient l'île. L'étendue chaotique des rochers polis par les vents depuis la création du monde dévoilait sans cesse des bizarreries de la nature minérale. Au crépuscule, la nuit avait englouti les reliefs naturels et l'on pouvait entendre le rugissement de la mer se brisant sur les récifs au-delà de la crique. A l'orée d'un sommeil réparateur, quand la nuit fut complètement noire, des hurlements rauques explosèrent en déchirant l'espace, saisissant tout le monde d'effroi. Les cris s'amplifièrent en résonnant dans toutes les directions en un concert polyphonique lugubre tandis que des ombres immenses balayèrent subitement l'obscurité : des oiseaux de nuit, dérangés par la présence d'inconnus sur leur territoire, tournoyèrent en hurlant jusqu'au lever du jour.

La violence de la tempête nous garda prisonniers sur l'île des Lavezzi pendant des jours et des jours. Il était impensable de mettre les bateaux à l'eau pour aller pêcher alors que nos provisions s'épuisaient. Un soir, ma mère alla remplir une gamelle d'eau de mer pour faire cuire notre dernier paquet de pâtes.

Sans me poser de questions, je passais mes journées à escalader les rochers et à explorer dans tous les sens cette terre étrange, jusqu'au jour où je tombai nez à nez avec un chien.

Imposant, jeune et frétillant, ce nouveau compagnon me suivait partout pour ma plus grande joie. Lorsque le soir venu je le ramenais au campement, je me souviens de l'accueil triomphal que j'avais cru recevoir, qui sur le moment dépassait mon entendement d'enfant, avant de réalisé qu'il était plutôt destiné au chien qui m'accompagnait…

Bien nourri et en bonne santé, l'animal était le témoin vivant que l'île n'était pas déserte ; en revanche les mauvaises langues me firent croire qu'on allait le manger !

Dès le lendemain, quelques heures de marche au milieu des cailloux sur un sentier d'âne nous permirent d'atteindre l'extrémité de l'île.

Un phare trônait sur une colline rocheuse face à la mer déchaînée. Solitaire, le gardien du phare fut heureux de retrouver son chien et il sortit son dernier pain pour nous l'offrir. Le soir même, un hélicoptère nous apporta des vivres.

Nous étions repartis à la rencontre de notre destin en longeant la côte orientale vers Bastia. En passant par les îles Cerbicales, nous fûmes attaqués en pleine nuit par des milliers de rats aussi gros que des chats. Contraints de mettre les bateaux à l'eau pour nous y réfugier, nous assistâmes aux tentatives désespérées des prédateurs en surpopulation qui essayaient de nager pour nous rejoindre. Peut-être était-ce un signe du destin qui nous avertissait que quelque chose de sombre approchait.

**

« Tu dois plonger profondément dans la mer pour trouver les perles. A quoi cela sert-il de fouler les vagues sur le rivage, de jurer que la mer ne contient pas de perles et que toutes les histoires que l'on t'a racontées à leur sujet sont fausses. Si tu dois goûter le fruit, plonge profondément et immerge-toi. »

Ces paroles que j'entendais en rêve m'ont réveillée. Elles me décidèrent à me rendre sur la plage de Pineto dans la plaine Orientale au-dessous de Bastia, à la recherche de l'époque lointaine de mes dix ans et sur le lieu de notre dernière escale en catamaran.

En passant non loin du commissariat de police, je songeai à m'arrêter afin d'aller y glaner quelques informations concernant l'avancée de l'enquête. Mais j'étais sous l'emprise d'une priorité et je me promis de le faire au retour. La traversée de Bastia me plongea en pleine activité citadine que je ne tardai pas à quitter de nouveau pour me diriger vers la plaine marécageuse. En m'arrêtant au bord de la route pour consulter une carte, j'en profitai pour faire quelques pas tout en allumant une cigarette. Je m'assis sur un talus humide ; une vaste étendue plate et déserte dégageait une odeur particulière. Mes doigts écrasèrent le mégot sur le sol quand l'herbe bougea furtivement près de ma main.

Un petit animal semblable à un gros lézard coloré se tenait tout à côté. Ses yeux brillaient comme des perles noires, la salamandre n'avait pas l'air farouche. Je l'ai alors regardé comme on contemple une œuvre d'art abstraite qui détiendrait un message symbolique. J'ai avancé ma main vers l'animal immobile quand je me suis souvenue de ses propriétés venimeuses et de toutes les histoires rattachées à sa légende : Bête de l'enfer, immortalité, symbole Héraldique… La boite de Pandore se trouvait à mes pieds !

La route contournait l'étang de Biguglia et longeait la plage de Pineto qui s'étendait sur plusieurs kilomètres. Je me suis engagée à pied vers le rivage, mais le lieu n'avait rien à voir avec l'endroit que je cherchais. Je voulais retrouver un hameau au bord de l'eau avec une crique de sable gris recouverte de posidonies et bordée de tamaris. Déçue, je me posai sur le sable blanc et scrutais la mer. Mes souvenirs étaient pourtant intacts mais, ce n'était pas ici ; de plus, l'endroit que je cherchais, restait introuvable. Pourtant, ils avaient dit : « *Pineto* » et j'y étais. Je me suis alors allongée sur le sable et j'ai fermé les yeux. Que cherchais-je au juste ? Un lieu géographique ou le souvenir de l'effet saisissant qu'il m'avait fait ? Les pièces du puzzle ne me permettaient pas encore de saisir la finalité de la quête qui s'était emparée de moi. Alors, ma conscience parcourut mes souvenirs, revisitant de nouveau le passé qui se dévoilait peu à peu.

Nous n'étions pas très loin de Bastia, quelques traversées encore et nous terminerions ce demi-tour de Corse. En un mois, nous avions parcouru, à sauts de puce, le littoral sud. Les trois voiliers avaient enlevé leurs dérives à l'approche d'une plage, le bruit des coques crissant sur le sable donnait le signal enivrant de la terre ferme et l'air se remplissait soudain de l'odeur des eucalyptus.

En sautant sur le sol, j'avais regardé aux alentours et remarqué que ce nouvel endroit présentait des signes de civilisation. Sur la plage, deux femmes vêtues de noir étaient assises à l'abri d'arbustes et surveillaient des enfants en bas âge. Les toits de quelques maisons de pierres indiquaient la présence d'habitations isolées.

Les trois catamarans avaient été placés côte à côte sur la plage ; mon père cria de les remonter le plus haut possible sur le sable, le vent de la mer se levant. Ce jour-là, il avait précisé qu'il fallait mettre des bâches pour former une tente entre les bateaux. C'était la première fois que nous devions nous abriter pour dormir depuis notre départ un mois plus tôt. Jusqu'à ce soir-là, nous avions toujours fermé les yeux face aux étoiles.

La fin d'après-midi se faisait sentir, je m'étais éclipsée dans le maquis, heureuse de pouvoir enfin courir dans la nature et explorer le terrain à la recherche d'un âne dans un pré ou d'un chien errant pour me tenir compagnie. Mon père et son ami Dédé s'occupaient à préparer le campement, ma mère fouillait dans les coques pour en sortir la cantine et les gamelles en prévision du repas du soir et les amis s'occupaient sur leur bateau respectif.

Quand la lumière du jour commença à décliner, je revins essoufflée d'avoir couru. Je m'assis au bout de la plage, dans un amas de posidonies que la mer avait sculpté en un moelleux berceau. J'avais une vue d'ensemble sur notre nouvelle terre. Les deux femmes avaient disparu. Un homme jeune en recul de la plage, des lunettes noires sur le nez, regardait la mer. Son pantalon trop court lui arrivait aux mollets. Un débardeur collait à son corps musclé et la coupe rase de ses cheveux blonds accentuait la forme de son visage.

Immobile, face à la ligne d'horizon, je l'observai longuement. Derrière ses lunettes noires, il semblait méditer dans le crépuscule naissant.

Aucun soleil rougeoyant n'avait pourtant envahi le ciel. Je me souviens avoir quitté mon coin d'algues pour le rejoindre, m'être approchée de lui et avoir levé mon visage vers son regard fixe, perdu au large. J'avais attendu que ma présence le dérange et le sorte de la cuirasse qui semblait l'immobiliser.

Quand il consentit à porter son attention sur ma modeste personne, je ne pus voir que mon propre reflet sur ses verres teintés. Les yeux de l'inconnu ne s'étaient, hélas, pas dévoilés !

— Pourquoi tu n'enlèves pas tes lunettes ? Il n'y a plus de soleil ! lui avais-je demandé.

Silencieux, il avait posé un regard hermétique sur mes yeux d'enfant curieuse.

L'appel de ma mère me ramena vers le campement, m'obligeant à renoncer à mon désir de parler au mystérieux inconnu.

Le souvenir d'une joie ineffable resurgit. Ce soir-là, était comme une fête. Nous allions tous dormir ensemble, les uns à côté des autres, sous la grande tente installée entre les bateaux. Ça faisait : « *Indiens* ». C'était rassurant. La tribu était rassemblée pour la nuit en une unité sécurisante. Nulle crainte qu'une vache errante ne vienne me renifler ou qu'un insecte nocturne rampant ne s'aventure dans mon sac de couchage ; la bâche nous protégeait du monde de la nuit.

Quand la plage fut engloutie par l'obscurité, notre petit groupe était déjà prêt à dormir.

Seul mon père était inquiet ; le vent avait forci, il craignait que le niveau de la mer ne monte et il allait devoir ne dormir que d'un œil. C'était lui le spécialiste de la mer, il la sentait vivre et la percevait toujours au nez et à l'œil. Peu avant minuit, le claquement des vagues se fit de plus en plus bruyant, la toile de tente flotta et le bruit de l'ensemble le sortit de son sommeil léger. Comme il se glissait à l'extérieur, une lampe à la main, il prit du sable en plein visage ; le vent de la mer s'était renforcé.

Il regarda alors autour de lui. Il entreprit de faire le tour des embarcations par mesure de sécurité.

Tout en contournant son bateau, il tomba nez à nez avec un jeune homme blond qui mangeait. L'intrus avait ouvert une coque du voilier, en avait sorti les provisions, un portefeuille et des papiers d'identité. Alors que mon père s'adressait calmement à l'inconnu, tout bascula d'un seul coup, comme le passage de l'ombre à la lumière en sortant d'un orage en mer ou bien quand la mer se déchaîne dans une tempête imprévisible ! L'impermanence des choses poursuivait son œuvre.

L'homme sortit deux révolvers, un dans chaque main, et tira sur mon père à bout portant, sans préavis. Il enchaîna ses tirs sans interruption sur tous ceux qui, alertés par les détonations, sortirent de la tente.

10

Mur de scène

Le centre de l'orchestra.

Un vieil homme gara sa vieille Peugeot break sur le bord de la route devant une boulangerie. Au milieu de son visage ridé et de ses cheveux clairsemés pétillaient des petits yeux noirs vifs. Sec et alerte, il descendit de son véhicule et entra dans le magasin. Il était vêtu d'un pantalon de velours marron tenu par une ceinture en cuir, usée jusqu'à la corde. Sa chemise en flanelle trop large accentuait sa maigreur. Le boulanger, un grand gaillard au teint mat et aux cheveux longs, l'interpella.

— Salut Victor ! Tu es rentré ?

— J'arrive juste, donne-moi un gros, je monte chez moi, là-haut j'ai des provisions. Garde-moi du pain pour dimanche matin, j'ai des invités. Je vais leur faire un gigot à la ficelle, j'espère que le libeccio ne va pas se lever.

— Pace e salude.

Le break démarra et quitta bientôt la route de Calvi pour emprunter un chemin rocailleux qui montait dans les collines. Victor tourna sur sa gauche jusqu'à un cul de sac.

Après avoir garé son véhicule dans un pré d'herbes sèches, il traversa un morceau de portail rouillé et démantibulé posé au milieu de rien, puis gravit les deux-cents mètres de dénivelé

111

qui le séparaient d'un campement sommaire, au bord du maquis.

Une vieille caravane déglinguée encombrait un coin sous un eucalyptus. Des bâches d'un bleu criard se refermaient plus loin en une tente hermétique. Une grande table en bois et des bancs étaient disposés derrière une haie végétale qui offrait un coin abrité du vent et du soleil. Au milieu du campement, de grosses pierres noircies sur le sol supportaient une marmite maculée de suie au centre d'un foyer éteint.

Victor entra dans la caravane restée ouverte, posa son sac, changea ses vêtements puis alla fouiller à l'intérieur d'un coffre en bois. Il en ressortit avec un fusil de chasse et partit escalader un rocher proéminent qui dominait son campement déjà en hauteur. Boitant mais, vif comme un chamois malgré son âge, il connaissait par cœur le terrain.

De son point de vue perché, il s'avança au bord de l'à-pic. Une chaise de camping à la toile délavée était fixée par des rivets à un système mécanique rudimentaire. Il plaça le fusil dans le support, s'assit sur la chaise, régla l'orientation et ajusta le viseur. De sa position il voyait le pré d'herbes sèches où il avait garé sa carlingue, l'arrivée du chemin vers le cul de sac et, plus loin encore. C'était son mirador et il en était fier. Il tirerait encore sur le premier venu qui passerait la frontière de son territoire sans son autorisation.

Autour de son campement, le maquis s'étendait à perte de vue dans les trois directions.

**

De l'autre côté de la Corse, sur la mer Tyrrhénienne, je rentrais nostalgique de mon périple sur la plage de Pineto. Le commissariat de police de Bastia avait fermé tôt. En apercevant dans le lointain le terre-plein devant la maison, mon cœur se mit à battre ; une voiture était garée et je pouvais apercevoir une partie du capot. J'accélérai en m'engageant dans le chemin, soulevant des nuages de poussière.

Patrick attendait là !...

Je lui sautai au cou ; un soulagement immense m'envahit.

Il me serra dans ses bras. Nous restâmes longtemps sans rien dire ni bouger, réchauffant mutuellement nos corps que la fraîcheur du soir avait saisis en nous laissant engloutir par l'obscurité naissante.

Je finis par articuler.

— Tu es libre ?

— Oui, répondit-il en me serrant de plus en plus fort pour manifester sa joie. Rentrons.

Le lendemain, c'est lui qui se leva le premier pour faire le café ; je le rejoignis dans le séjour. La brume matinale cachait l'horizon, la mer était grise mais, dans son cœur, il y avait du soleil. Nous avions tant de choses à nous dire que nous ne savions pas par où commencer. Patrick prit les devants :

— Dimanche, je t'emmènerai à Calvi où nous sommes invités à manger un gigot à la ficelle ; nous partirons de bonne heure, déclara-t-il d'un air joyeux.

— Chez qui ?

— Chez un ami, tu verras... As-tu des nouvelles du continent ?

— Oui. Dis donc... Tu parles comme les Corses maintenant ! Pops a fait deux jours de garde à vue.

— Deux jours !... Qu'est-ce qu'il a fait ?

113

— Comment « qu'est-ce qu'il a fait » ? Ils l'ont interrogé à ton sujet, tout simplement… et… il n'a pas su s'expliquer !

Patrick éclata de rire.

— Je l'imagine tout à fait… Je vais lui téléphoner.

— À première vue, cette histoire n'a pas l'air de t'avoir traumatisé plus que ça !

— Cette histoire m'a sauvé la vie. C'est Fred qui m'a sauvé la vie en perdant la sienne et Pops en m'incitant à partir. J'étais au bout du rouleau… J'aurais pu faire une connerie grave… Du genre erreur médicale ou taper sur la gueule du médecin chef ! Je sais que cela ne sert à rien, mais trop de pression, ça rend fou. Autre perspective : être victime d'un AVC, comme Fred… Un accident de voiture… Me suicider…

— C'est bon, j'ai compris, n'en rajoute pas !...

— C'est le système qui nous bouffe et nous détruit à notre insu ; quand on a le nez dans le guidon, on ne s'aperçoit de rien.

— Et l'enquête ? demandai-je.

— Il n'y a rien contre moi, je n'en sais pas plus, hormis une interdiction de quitter le territoire français ! J'espère seulement que le bateau du retour ne sera pas détourné sur l'Italie… Et comment va Raphaël ?

— Mal. Il ne sortait plus de la maison de Fred, n'allait plus travailler, restait toute la journée prostré dans sa chambre à boire puis, dernièrement, il a avalé des médicaments avec de l'alcool et s'est retrouvé hospitalisé. Aux dernières nouvelles, il était hors de danger.

— C'est un coup dur pour lui… Il a été habitué à ce que son père aplanisse tous les obstacles devant lui. La moindre petite chose qui aurait pu le déstabiliser lui était épargnée. Raphaël cherchait des limites et Fred s'appliquait à ne pas lui en mettre.

Il croyait bien faire. L'enfant-roi découvre les réalités de la vie qui s'avèrent n'être faites, bien souvent, que de ruptures, de frustrations et où rien n'est jamais acquis... mais, sans l'expérience du déséquilibre, rien ne bouge !

— L'expérience du déséquilibre ! Parlons-en... J'ai failli tomber dans un ravin l'autre jour en me promenant dans la montagne. Il est vrai que tant de choses m'ont remuée que je n'en suis toujours pas remise !

— Ah, tu vois !... Quant à moi, qu'est ce qui me laissait présager que j'allais me retrouver en prison ?... C'est à mourir de rire quand on y pense ! Finalement... on est bien ici en amoureux. Des vacances obligées. C'est super, non ?

— Oui... on peut voir les choses comme ça !

**

Jean Duplan, vêtu d'un blouson de cuir noir sur un pantalon sombre, des lunettes teintées sur le nez, prit un billet d'entrée au guichet du Théâtre Antique d'Orange. Il s'avança lentement, faisant mine de lire le dépliant qu'il tenait dans les mains, tourna sur la gauche et emprunta l'espace latéral qui menait à l'*orchestra* vers les premiers gradins du bas : passage réservé aux notables à l'époque antique.

Calculateur, Jean Duplan avançait méthodiquement ses pions sans éclat de personnalité. Seul le résultat lui importait. L'émulation spéculative avait moins d'attrait pour lui que l'objectif final à atteindre auquel il s'accrochait comme à une rampe de survie sur un navire en perdition. Oppressé par la peur de manquer, il était incapable de remettre en question ses objectifs. Une rumination quotidienne avait creusé son visage de profonds sillons. Son teint jaunâtre de fumeur de gauloises sans filtre lui donnait un air sinistre.

Plutôt que déboucher sur l'hémicycle, il se camoufla derrière un bloc de pierre, froissa le dépliant pour le fourrer dans sa poche, balayant du regard les emplacements vides, prenant soin de se déplacer discrètement afin de pouvoir repérer l'homme qu'il cherchait sans être vu.

Il n'eut pas besoin de trop de temps. Celui qu'il cherchait était assis, immobile et heureux, au beau milieu des gradins !

Jean Duplan qui y avait vu Duvivier entrer à 14 heures, avait patienté un bon bout de temps devant la sortie. Ne le voyant pas ressortir, il s'était finalement décidé à aller voir ce que Duvivier pouvait bien fabriquer, tout seul, dans le Théâtre Antique.

Il l'observa sans se montrer : Pops était assis face au grand mur de scène sous le regard de pierre de l'Empereur Auguste. En cette saison, le site était déserté par les touristes et, à 16h30, il n'allait pas tarder à fermer.

Perplexe, Duplan ne comprenait pas : *Mais qu'est-ce qu'il fait ? Ça fait plus de deux heures qu'il est assis là ! Il est complètement fou, ce type !*

Il envisagea de s'approcher de Pops, mais ne se sentit pas le courage de grimper jusqu'au sommet des gradins. *Je ne le quitterai pas des yeux jusqu'à ce qu'il redescende.* Il s'appuya alors sur le devant de la scène sans se mettre en vue et attendit encore vingt minutes. La jeune femme du guichet arriva bientôt d'un pas pressé et passa devant Duplan en lui précisant que ça allait fermer. Elle continua vers le centre de *l'orchestra* pour se montrer, tapa dans ses mains et fit un grand signe de la main à Pops qui lui répondit d'un geste et se leva.

— Pardon Mademoiselle ! Connaissez-vous cet homme, là-haut ?

— Très peu.

— Mais qu'est-ce qu'il fait ?

— Demandez-le-lui !

— Oui, bien sûr.

Duplan lança un regard vers les gradins, Pops avait disparu. Surpris, il courut vers l'entrée et interpella l'hôtesse.

— Pardon, le Monsieur de tout à l'heure, là-haut, où est-il passé ?

— Il va arriver, il est passé par l'intérieur.

— Ah ! D'accord. Je vais l'attendre à la sortie.

Pops descendit lentement les escaliers abrupts en fredonnant « *l'air de la fleur* » du ténor de « *Carmen* », et se dirigea vers la grille en fer forgé du grand portail de sortie. Il passa devant Duplan sans même le voir. Celui-ci l'interpella.

— Bonjour Monsieur Duvivier ! Je vois que vous êtes un amateur de vieilles pierres. Pourrais-je vous parler Monsieur ? J'ai repensé à votre proposition. Vous savez les zéros… Nous pourrions peut-être en discuter de nouveau et…

Pops le regarda comme si c'était la première fois qu'il le voyait, se détourna et continua son chemin sans y prêter plus d'attention. Duplan le rattrapa.

— Vous êtes bien sûr que nous ne puissions pas trouver un terrain d'entente ? Nous sommes prêts à faire beaucoup de concessions vous concernant…

Ne semblant ni entendre ni comprendre ce qu'on lui disait, Pops continua à fredonner en marchant d'un pas tranquille et inspiré.

— Réfléchissez bien Monsieur ! conclut Duplan en serrant les dents.

Excédé par l'attitude méprisante de Pops qu'il croyait volontaire, préparé qu'il était à croiser les fers, Duplan enragea d'être contraint de lâcher sa prise.

**

Le lendemain, tout en conduisant sa camionnette sur le chemin du retour vers sa ferme, Pops entonna « *Le chœur des esclaves* » de Nabucco. Il sortit du centre-ville à travers la circulation fluide et rejoignit la campagne. À la sortie d'un virage, il s'arrêta de chanter d'un seul coup. Quelque chose grésilla en lui comme une interférence nocive. Une intuition le saisit. Il se mit à rouler plus vite, s'engagea sans ralentir sur le chemin qui traversait son champ en jachère et arriva dans la cour de sa ferme à vive allure. Il descendit de voiture, ne bougea plus pendant quelques secondes et écouta le silence. Le souffle retenu, il tourna sur lui-même, entra et ressortit aussitôt puis resta immobile dans la cour saisit par une agitation nerveuse toute intérieure. Il partit soudain en direction du jardin potager, fit quelques pas et s'arrêta net ; devant lui, son épagneul gisait dans l'herbe ; une mousse blanchâtre et du sang s'échappaient de sa gueule. Pops contourna le bâtiment et découvrit ses trois autres chiens dispersés autour de l'habitation, morts et maculés des mêmes stigmates.

La tête baissée, en proie à une éprouvante tristesse il détourna les yeux et s'éloigna en direction du champ de poiriers. Il y lâcha son désarroi et sa peine comme pour chercher une consolation au milieu des fruits perdus de sa vie de labeur.

Il trouva néanmoins la force de rassembler les dépouilles des animaux, les recouvrit d'une bâche et entra chez lui. Pops s'assit à côté des chats occupant le canapé et posa un regard fixe sur l'eau verdâtre de l'aquarium.

11

Victor le corse

La même violence que subit la terre
quand les incendies la ravagent.

En Corse le temps était maussade, l'horizon bouché et le ciel couvert. Il était tôt ce dimanche matin quand nous sommes partis en direction de Calvi. Le 4X4 de Patrick roulait depuis presque une heure.

— Le temps va s'arranger, c'est la grisaille normale du matin. En arrivant, on s'arrêtera dans une boucherie pour acheter un gigot d'agneau.

— Nous sommes invités et c'est nous qui devons apporter le gigot ?

— Oui, mais tu verras… Victor est un vieil homme attachant, il n'a pas beaucoup d'argent. Il va nous le faire cuire comme il me l'a expliqué, avec une ficelle au-dessus d'un feu de bois. Il paraît que c'est sublime !

— Tu l'as connu où, ce Victor ?

— En prison.

— Quoi ? Freine et arrête-toi tout de suite…

Patrick se gara sur le bas-côté de la route et se tourna vers moi, l'air innocent.

— Qu'est-ce qu'il y a ?

— Tu te rends compte ! Ça ne t'a pas suffi que l'on t'accuse de meurtre ? Maintenant tu te fais des amis en prison ! Corses en plus ! Tu es complètement fou Patrick. Je me demande si tu n'aurais pas mieux fait de casser la gueule à ton chef de service, tu aurais pu au moins plaider le surmenage, mais là !...Tu vas à la recherche des emmerdes.

— Mais non ! Pas du tout...Tu verras, fais-moi confiance.

Je me suis renfrognée en m'enfonçant sur mon siège et il reprit la route.

— Tu as une cigarette ? demandai-je au bout d'un moment.

— Je ne fume plus depuis que je suis arrivé en Corse, dit-il fièrement.

— Et moi, j'avais arrêté et depuis que je suis ici je recommence à fumer ! Arrête-toi là.

Profitant de notre halte au bar-tabac, Patrick fit un tour sur la place et engagea rapidement la conversation avec un vieillard qui fumait sa pipe sur un banc. En attendant d'être servie, je choisis une carte postale et, pas du tout pressé, Patrick discutait toujours avec le vieux corse. Il me fallut le rappeler à l'ordre pour que nous reprenions la route !

— Regarde comme elle est belle, lui dis-je en brandissant la carte postale sous ses yeux !

— Oui, et tu vas l'envoyer à qui ?

— Je ne sais pas encore, peut-être que je vais la garder.

— C'est joli ici. Tu sais combien il y a d'habitants dans le village ? 450 dont 500 inscrits sur les listes électorales, 600 votants et 700 bulletins dépouillés ! C'est le vieux corse qui me l'a dit...

— C'est un classique, tu ne le connaissais pas ?

— Non. C'est possible ça ?

— Ici, tout est possible…

En arrivant à Calvi, Patrick sortit du fond de la poche de son jean un morceau de papier chiffonné, le consulta et redémarra. Arrivé en un certain point de la route qui longeait la mer, il s'arrêta devant une boucherie et nous descendîmes.

Patrick demanda un gigot d'agneau. Le boucher, un homme de forte corpulence au regard rugueux, nous regarda attentivement quelques instants sans rien dire et disparut dans la chambre froide. Il en ressortit bientôt avec un morceau de viande.

— Vous le voulez entier ou je vous le coupe ?

— Mettez-le en entier, dit Patrick.

Le commerçant posa la viande sur la balance et Patrick sortit des billets de sa poche.

— Soixante-cinq euros, annonça le commerçant.

Je faillis m'étouffer et j'affichai une mine suspecte.

— Nous cherchons Victor, vous le connaissez ?

Hautain et hermétique, l'homme resta silencieux.

— Nous allons manger chez lui et nous apportons le gigot, reprit Patrick.

— Il vous attend ? vérifia le boucher.

— Oui, bien sûr.

— Alors, je vais vous expliquer comment y aller.

J'étais contrariée et je me cramponnais au siège de l'auto.

— Soixante-cinq euros ! Tu n'aurais pas pu le faire couper ton gigot ! Il nous a vus arriver celui-là… C'est toujours pareil ici avec nos têtes de *pinzuti*… Et puis on va casser les suspen-

121

sions de la voiture !... C'est pas une route, ça... C'est le lit d'un torrent !

— Calme-toi, on arrive.

Patrick déboucha dans un pré d'herbes sèches et se gara à côté d'un vieux break Peugeot. Un petit homme maigrichon déboula de la colline comme un chevreuil. Il affichait un large sourire et levait ses bras en l'air en signe de bienvenue.

— Bonjour mes amis ! Que je suis content de te voir Patrick ! Bonjour madame.

Et il nous embrassa chaleureusement.

— Montez, vous êtes ici chez vous. Suivez-moi, j'ai préparé le feu. Je vais t'expliquer Patrick comment on met la ficelle. Ça fait plaisir de vous avoir avec moi. Je vais vous faire visiter mon domaine.

Patrick posa le gigot sur la table de bois et regarda autour de lui.

— Tu dors dans la caravane, Victor ?

— Non, je dors dehors, je suis mieux. Mais quand il fait trop froid, je dors dans la roulotte. Viens voir mon système de filin. Tu vois comment ça marche ? Passe-moi le gigot. Si on veut qu'il soit cuit à midi, il faut le mettre maintenant. Il faut l'arroser avec de l'eau salée, mais je m'en occupe. Allez faire un tour pour visiter, montez là-haut, par là... Va voir mon mirador et touche à rien surtout.

Nous avons découvert une chaise de camping à la toile délavée et à l'armature rouillée. Elle était posée à l'extrémité d'un grand rocher plat d'où l'on dominait le plateau aride. Un système de support était installé contre la chaise. Je m'adressai à Patrick :

— Est-ce que tu es sûr qu'il est normal ton copain ?

— Tu ne vas pas me faire croire que toi, tu as des préjugés !

**

Victor leva son verre à l'attention de Patrick.

— Saludé.

— Saludé.

— Qu'est-ce qu'il y a sous ces bâches bleues ?

— C'est ma partie privée. C'est personnel. Viens m'aider à mettre la table, c'est bientôt prêt.

— A quoi il te sert, ton mirador ?

— A surveiller. De là-haut, je vois tout sans être vu, le premier qui franchit les limites de mon territoire, je lui tire dessus.

— Mais où sont-elles les limites de ton territoire ?

— Elles partent de la route, en bas.

— Ce n'est pas indiqué que c'est privé !

— Pas besoin, ils s'en aperçoivent vite ceux qui s'aventurent jusqu'ici et qui ne sont pas invités. Regardez-moi ce gigot comme il sent bon !... J'ai de la moutarde, vous en voulez ? Mais je crois qu'elle est un peu vieille.

— Mais enfin Victor ! Personne ne t'interdit de squatter dans le maquis ?

— Je suis chez moi. Je possède trois cents hectares de terre tout autour d'ici.

— Et...Tu n'as pas de maison ?

— Oui, j'ai une maison !... J'en ai même deux et les congélateurs sont pleins. Ma femme et mes filles y habitent, moi je préfère vivre ici.

Pendant que Victor retirait les pommes de terre de la braise, je levais un regard fataliste vers Patrick tout en me servant à boire.

Notre hôte se prépara ensuite à découper la viande avec un couteau qu'il sortit de sa poche. Coudes sur la table et mains sous le menton, je l'observais faire.

— Je vais t'expliquer, Patrick, reprit Victor. Il y a quelques années, ils venaient là, dans le champ d'herbes et ils faisaient leurs affaires...La nuit, un hélicoptère venait périodiquement du Continent et embarquait la marchandise que les bateaux avaient livrée à Calvi. Et ça, tu vois !... Ce n'est pas possible longtemps, chez nous...

D'un geste vif et déterminé il planta son couteau à la verticale dans le bois de la table.

— La drogue ne s'installera jamais en Corse !

Ses yeux lançaient des éclairs qui révélaient une fureur peu commune.

— Depuis que je surveille, ils ne viennent plus.

La violence de Victor venait soudain de réveiller chez moi le souvenir d'une réaction analogue qu'avait exprimée la cousine Julia.

C'était la même façon de trancher à vif, de faire jaillir la lave du volcan qui couvait au fond de leur être. Comme si le libeccio avait soufflé sur un brasier ardent et enflammé d'un seul coup le maquis ! Egalement la même violence que subit la terre lorsque les incendies la ravagent.

L'envie d'approfondir cette passion d'être Corse et le risque d'en mourir força à m'adresser à Victor pour la première fois.

— Victor, sans vouloir être indiscrète, pouvez-vous me dire, pourquoi, à votre âge, vous étiez en prison à Borgo avec Patrick ?

— J'étais allé rendre visite à un ami au parloir. Patrick venait d'être libéré et il n'y avait plus de bus pour Bastia. Alors, je l'ai ramené, nous sommes allés boire un verre et on a sympathisé !

— Vous connaissez beaucoup de monde en Corse ?

— Tu sais… C'est une île… Alors forcément, tout le monde se connait.

— Julia Barboni à Bastia, ça ne vous dit rien ?

— C'était la veuve de Zani !... Elle est morte depuis longtemps et sa fille aussi. Lui, il avait pris une balle perdue dans un règlement de comptes. Pourquoi ? Tu la connaissais ?

— Elle m'a gardée quelque temps quand j'avais dix ans, suite à une tuerie qui avait eu lieu près de la plage de Pineto en 1962. Peut-être que vous vous en souvenez ?

— Tu sais, ici les tueries… On ne peut pas dire que ce soit un événement extraordinaire. Attends un peu… parce que je me souviens plus facilement des choses anciennes que de ce que j'ai fait la semaine dernière. Le passé me revient avec une clarté incroyable et j'oublie les petites choses évidentes de tous les jours. En 62 j'étais à Borgo et j'en suis sorti en été. Je ne me rappelle plus la date. Ce n'était pas à cause du Polonais ? Le légionnaire, quoi !

— Oui, c'est ça !

Subitement, j'accordais un certain intérêt à Victor.

— Je m'en souviens très bien et, pour cause ! Je l'ai connu le jeune. Il s'appelait Kowalski. Jan Kowalski, mais ce n'était pas son vrai nom. On lui avait changé son nom dès son engagement. C'était la règle à la Légion, pour briser la personnalité il fallait que le légionnaire oublie sa véritable identité, qu'il ne sache plus qui il était, qu'il ne devienne plus rien. « Pas même de la merde » on le leur disait à Corte... Si je l'ai connu mieux que personne, c'était parce que je parle polonais.

— Vous parlez le polonais ?

Victor s'aida de ses mains pour poser sa jambe sur la table et nous montrer son tibia déformé. Une large cicatrice lui labourait le mollet.

— J'ai été déporté à seize ans, j'ai passé deux ans à travailler dans une ferme en Pologne. Je suis pensionné de guerre. Je me suis même marié avec une polonaise... Par la suite elle est venue ici, mais elle ne s'est jamais adaptée en Corse, alors elle est repartie chez elle.

— Quel âge avez-vous Victor ?

— Je compte plus, mais je cours toujours et c'est ça qui compte... Quand je l'ai trouvé, il avait faim... En sortant de Borgo, j'étais allé me mettre au vert dans la plaine Orientale où je logeais dans la cabane de chasse d'un ami. En vérité, c'est lui qui m'a trouvé... Kowalski... Il a sorti un colt calibre 38 et un pistolet automatique MAC 50. Un dans chaque main et il m'a braqué à bout portant. Il a parlé... j'ai tout de suite su que c'était un polonais ! Je lui ai répondu dans sa langue maternelle en essayant de l'amadouer ; ça a marché. Je l'ai rassuré pour me rassurer moi-même, en lui disant qu'il n'avait rien à craindre, que j'allais lui donner à manger, que je ne le dénoncerais pas, etc. Je n'avais pas le choix. En plus, il faisait deux fois ma taille, en hauteur comme en largeur, j'étais fait comme un rat. Il était recherché par la légion, il avait déserté. C'était courageux de sa part parce que l'on ne s'échappait pas

126

du Centre Disciplinaire de Corte, c'était impossible. Et bien lui… Il l'avait fait. J'ai sorti du vin, du pain et de la coppa. Il était affamé. Je lui ai raconté ma vie en Pologne et il m'a parlé de lui. Le premier mot français qu'il avait appris était « Discipline ». Dans sa tête résonnaient les devises de la Légion Etrangère, il n'en avait retenu que deux : « *Etre Prêt* » et « *Rien N'empêche* ». « *Légio Patria Nostra* » s'était volatilisée.

Victor éclata de rire, puis reprit son sérieux et continua. La perte de l'Algérie avait été un traumatisme pour la Légion qui avait été contrainte d'abandonner Sidi-Bel-Abbès, l'un de ses centres de commandement fondé en 1842. En partant elle avait emporté les reliques du musée du souvenir et avait dû exhumer les cercueils d'un général, d'un Prince du Danemark et, symboliquement, du légionnaire Heinz Zinnermann, dernier tué d'Algérie. Kowalski avait accompagné ces reliques à Puyloubier, près de Marseille. C'est là qu'ensuite, il avait essayé de déserter. Pour lui, le traumatisme, ce n'était pas la perte de l'Algérie, il n'en avait rien à foutre de cette fichue guerre, il avait vingt-deux ans. Il s'était engagé dans la Légion Etrangère à vingt ans après avoir réussi à fuir Krakow suite à une sombre histoire avec la Milicja, et il s'était retrouvé dans un enfer pire que celui qu'il voulait fuir. Il était de Varsovie. En Pologne, à l'époque, il y avait les Russes. De retour d'Algérie, il avait rejoint la grande caserne où venait de se replier le Q.G de la Légion, après le départ de Sidi-Bel-Abbès. Il avait tenté de déserter et s'était fait reprendre en insultant un gradé. Il avait été jugé et condamné à passer six mois dans la section disciplinaire de Corte en Haute Corse…

— Vous connaissez Corte ?

— Non.

— C'est l'ancienne capitale de la Corse. C'est une ville fortifiée, bâtie en plein centre de l'île dans une région montagneuse. Il y a une colline étroite surmontée d'un énorme rocher : la Citadelle... Un nid d'aigle construit en 1420. Le paysage est déchiqueté, entouré de pics et cerné de torrents, de gorges et de ravins. La ville est construite en escalier autour de la Citadelle et les maisons en schiste sont accrochées aux roches. La Légion Etrangère était installée partout à Corte. La « Section d'Epreuve » ne fut construite que quelques années plus tard en 1969, dans la montagne, dans le haut du domaine St Jean, à deux kilomètres de la caserne de la Minoterie. C'était un petit fort entouré d'un mur de pierres et surmonté de barbelés. Kowalski avait échappé à quelques années près au bagne de la « Section d'Epreuve ». Ce n'est que plus tard que la Légion la créa pour succéder à la Compagnie disciplinaire de la Légion Etrangère basée à Djenien, dans le sud de l'Algérie. Ce ne fut que l'apparence des choses qui changea ; les méthodes appliquées à Djenien furent transférées à Corte. Mêmes travaux durs, mêmes brimades et châtiments corporels, comme si la cruauté n'ayant plus de guerre à se mettre sous la dent, recréait artificiellement un petit enfer avide de souffrances humaines. La moyenne d'âge des détenus ne dépassait pas vingt-trois ans. Il s'agissait de détenus coupables d'avoir commis des fautes graves, comme la désertion ! Le traitement qu'ils subissaient était d'une férocité invraisemblable.

Ceux qui résistaient devenaient des légionnaires exemplaires, les autres mouraient ou devenaient fous. Ils étaient encadrés par une discipline de fer, le crâne rasé et obligés d'obéir au doigt et à l'œil. Le site de la détention était fait de telle façon que chacun était toujours en vue et dans l'impossibilité de se cacher. Les « disciplinaires » passaient leur temps à courir, toujours en exercice, à faire du terrassement en plein midi l'été et dans la neige l'hiver et obligés de subir en silence les brimades et les supplices infligés. Kowalski s'était replié sur lui-même et endurci pour résister au traitement. S'il avait fini son temps, peut-être qu'il serait devenu un bon légionnaire mais, le souvenir de sa véritable identité lui donnait encore le courage d'exister différemment. C'était un Polonais... Il avait réussi à s'enfuir de Cracovie, cela avait été sa première victoire et, même s'il s'était fait prendre à sa dernière tentative de désertion, il ne renonçait pas. Toute sa volonté et son énergie de survie étaient dirigées vers un seul objectif : résister pour déserter ! Il avait élaboré mille plans. Un jour, il est arrivé à s'évader et à voler des armes. C'est comme ça qu'il déboula dans la plaine, c'est là que je l'ai rencontré. Il voulait un bateau pour s'enfuir en Sardaigne. Juste avant qu'il ne s'évade, on lui avait fait creuser sa tombe ! Le tombeau constitue l'une des plus anciennes brimades de la légion, il consiste pour celui qui est puni à creuser un trou suffisamment profond pour y enterrer un homme et à s'y coucher au fond pour y passer la nuit, qu'il pleuve, qu'il neige ou qu'il vente. Une façon symbolique de montrer aux légionnaires qu'ils ne sont que des morts en sursis. Il m'a dit que c'était la haine qui lui avait donné la force de creuser dans la rocaille, avec la pioche qui rebondissait sur les roches profondes. Il avait attaqué le sol avec hargne. Il avait imaginé la tête de son caporal-chef sous ses coups de pioche et cela le soulageait de frapper de toutes ses forces, s'imaginant lui défoncer le crâne. Ça lui donna la force de résister. Il passa la nuit au fond du trou. Le lendemain, il eut l'impulsion de tout tenter en désespoir de cause. Il fallait être fou pour ne pas comprendre que rien n'arrêterait la machine avant qu'il ne soit totalement broyé, mais il fallait de l'héroïsme pour tenir tête au système.

Je revoyais Jan Kowalski, la blondeur de ses cheveux, son teint halé, ses lunettes de soleil et sa stature athlétique. Je n'éprouvais aucune émotion, seules des images nettes et froides me revenaient à l'esprit, mais je n'avais jamais pu oublier la nuit d'enfer qu'il nous avait fait vivre quand j'avais dix ans.

— Et après ?

129

— Après, il m'a quitté. Ce n'est que quelques jours plus tard, vers six heures du matin, que j'ai vu débouler la Légion. Elle ratissait le coin, ça sentait mauvais. Ils ont réglé l'affaire en interne.

— Oui, je me souviens… ils l'ont abattu comme un lapin à sept heures du matin le lendemain et ils ont vite emporté son corps avant que les gendarmes n'arrivent. Ça faisait désordre pour l'image de la Légion et ils voulaient effacer les traces de cette histoire. C'était leur affaire et ils ne rendirent de compte à personne.

— La Légion ne pouvait pas reconnaitre qu'elle mutilait les gars qui se confiaient à elle dit Victor.

Patrick ouvrait de grands yeux qui naviguaient pour essayer de suivre la conversation.

— Qu'est-ce que tu faisais là, toi, finit-il par me demander ?

— La tuerie de Pineto, en 1962, c'est Kowalski qui nous avait tiré dessus en pleine nuit. Il aurait tué tout le monde et chacun à son tour s'il l'avait pu. Il voulait voler un bateau pour fuir en Sardaigne comme tous les déserteurs de l'époque. Il a tiré à bout portant sur mon père à plusieurs reprises et mis deux balles dans la tête de son copain Dédé. Le fils de nos amis a reçu une balle dans la gorge et deux dans les poumons. Quelqu'un l'a fait fuir en criant de sortir les fusils ; nous n'avions pourtant pas d'arme. Mais le légionnaire s'est protégé en se retranchant dans l'épaisseur de la nuit.

— Ils l'ont transformé en tueur, reprit Victor. Ce n'était sûrement pas un mauvais gars au départ. N'importe qui deviendrait fou après avoir subi un traitement pareil. Même moi, prisonnier en Pologne, j'étais dans un cinq étoiles en comparaison.

Un frisson me parcourut. J'ai enfilé un pull et suis allée marcher pour me réchauffer. Un sentier dans le maquis m'amena à escalader le rocher qui menait au mirador de Victor. La vue englobait un vaste paysage qu'un silence de plomb avait fixé sur la toile. Je me suis assise sur la chaise de camping rouillée de Victor pour reprendre mon souffle. La brume laissait échapper ses volutes comme autant de fantômes qui revenaient me visiter. La terreur d'une nuit sans lune transpirait sous mon pull.

Quand les coups de feu s'étaient mis à claquer dans tous les sens, j'avais cru rêver. Des lueurs de torches se promenaient à l'extérieur. Il n'y avait plus personne sous la toile de tente. J'étais sortie à quatre pattes, rampant dans le sable. Des plaintes s'échappaient du sol où des corps gisaient comme des masses obscures. Ma mère s'approcha de moi et me fit signe de la suivre. Fuyant au hasard de la nuit, nous trébuchions à chaque pas derrière les traces mouvantes du halo d'une lampe de poche.

Le souvenir de ma mère qui, cédant à la panique, criait «*Au secours*» sans arrêt, me saisit d'effroi. J'avais voulu lui prendre la main pour la rassurer mais je m'étais sentie rejetée, alors j'ai continué d'avancer, blessée, la tête basse, regardant mes pieds nus sur le sable pour éviter les obstacles. Des pas se firent bientôt entendre derrière nous. Des pas qui nous suivaient, qui se rapprochaient et qui crissaient sur le sable et les algues sèches. Ils nous entraînèrent dans une course panique intense pour échapper au tueur. À bout de souffle, nous nous sommes arrêtées dans l'obscurité et avons attendu. Un cri étouffé perça le silence de la nuit, ma mère s'était sentie prise au piège et avait fait volte-face en braquant le faisceau de la lampe comme une arme fictive face au suiveur. Trébuchante, une masse humaine s'approcha, les bras levés, l'homme se tenait la tête ruisselante de sang, le visage défiguré par des plaies ouvertes : c'était Dédé. Ses jambes le portèrent encore un moment comme un automate puis il s'écroula sur le sol.

Les cris de ma mère vibraient encore en moi comme une décharge électrique.

Je revis une porte de maison s'ouvrir et un homme corse méfiant braquer son fusil de chasse sur nous.

Après cette fuite éperdue au milieu de la nuit, je fus confiée à la grand-mère, sans âge et muette, de cette famille d'accueil improvisée sans explication. Je m'étais retrouvée seule dans une maison vide et étrangère sans comprendre. J'avais passé la nuit dans un grand lit trop souple sans dormir.

Le lendemain, l'homme corse de la maison réapparut et ne parla de rien conformément à la loi du silence. La Légion Etrangère envahit le hameau de bonne heure. Des légionnaires armés partirent en courant dans tous les sens et se dispersèrent dans la nature.

J'étais allée m'asseoir dans la cour contre une grosse pierre posée dans un coin sur de la terre battue, je m'étais laissée réchauffer par la douceur du soleil levant et j'avais attendu mes parents, en vain. Dissimulée derrière le gros caillou, j'ai assisté au retour de la battue ; le corps ensanglanté du bel inconnu tueur d'innocents fut trainé jusqu'à l'arrière d'un camion et jeté à l'intérieur sans ménagement.

Mes paroles d'enfant d'antan me résonnèrent dans la tête.

— *Pourquoi tu n'enlèves pas tes lunettes ? Il n'y a plus de soleil !...*

Je venais d'identifier ma première salamandre. La boite de Pandore s'était entrouverte. La robe colorée de l'animal avait diffusé son poison mortel par-delà la vie et la mort. Peut-être parce que j'avais été le dernier regard innocent qu'avait croisé Kowalski, son âme tourmentée rodait en un perpétuel feu immortel. Il devait être ce jeune homme et fantôme qui me suivait d'après Pops. Comment pouvais-je l'aider à changer de lunettes et à rejoindre un nouveau soleil ? Les visions de Pops prirent alors une autre dimension. Pourtant, mon malaise distillait toujours le poison d'une co-dépendance nuisible et je compris que le secret du bonheur résidait dans le détachement.

Après avoir pris congé de Victor et lui avoir promis de revenir le voir l'été suivant, nous sommes repartis. Un silence s'était installé dans la voiture. L'effet du vin et du repas qui s'était éternisé, nous avaient rendus léthargiques. Cette histoire qui resurgissait rajoutait des pièces manquantes à mon puzzle comme si tout pouvait arriver, au moment même où la nécessité apparaissait. Ainsi, notre meurtrier était-il un légionnaire traqué pour désertion... Après plusieurs kilomètres, Patrick ouvrit la bouche.

— Qui était Julia ?

— Une cousine éloignée du côté des racines corse de mon père. Je me souviens du taxi qui m'a déposée devant chez elle, boulevard Paoli à Bastia. Julia avait appris l'histoire par la presse. Elle était venue à l'hôpital qui était situé à Toga à l'époque, se présentant aux Urgences, elle demanda à voir les survivants de l'attaque de Pineto, prétextant être de leur famille. Nous ignorions son existence, elle prouva ses liens de parenté avec mon père et proposa ses services. Elle voulait nous aider d'une façon ou d'une autre et semblait prête à prendre le maquis armée d'un fusil pour aller faire justice.

Mon père survécut.

J'avais oublié toute cette histoire sauf Julia.

Dès mon arrivée en Corse, les souvenirs étaient peu à peu revenus en conscience comme si quelque chose ou quelqu'un était venu me chercher au cœur de l'oubli. L'envers du décor recelait une réalité invisible mais bien réelle, et les paroles de Pops m'aidaient à faire des liens.

À l'époque, Julia devait avoir soixante-dix ans, elle m'emmenait au marché dans la fraîcheur matinale et discutait avec tous les commerçants de cette douloureuse histoire. Un jour, elle s'est agitée plus que de coutume à la vue de la première page du journal « Corsica Matin ». Elle interpella les passants sur le titre de la première page en s'indignant en langue corse, créant presque un attroupement sur le trottoir. Quand elle se fut calmée, elle souleva son cabas l'air renfrogné et me fit signe de la suivre. Arrivées chez elle, je m'étais hasardée à lui demander timidement ce qu'il se passait. Elle jeta le journal sur la table d'un geste vif et me dit :

— Regarde-moi ça !

En première page de « Corsica Matin » un gros titre précisait : « Tuerie sur la plage de Pineto. Un bandit corse attaque des campeurs. »

Du haut de mes dix ans, je l'ai simplement regardée, étonnée.

— Tu ne comprends pas ? Regarde, ils ont écrit : « Un bandit corse !»

Il n'y a pas de bandit en Corse, s'insurgeât-elle.

Je ne comprenais pas toute cette violence, ni pourquoi Julia se montrait si susceptible pour un titre dans le journal. Que ce soit un bandit corse, ou un autre c'était pareil pour moi. Sans nouvelle de mes parents ni aucune information sur ce qui s'était passé, la vie continuait comme si de rien n'était. Le quotidien rythmé par la loi du silence s'était posé entre parenthèses. Victime de l'omerta tout autant que de la nuit tragique, je me retrouvais perdue au cœur d'une nouvelle vie sans rien comprendre.

Julia parlait sans cesse de mon grand-père paternel qui avait épousé une *pinzuta* ; la même qui hantait encore ma maison aujourd'hui. Quand Julia évoquait mon grand-père, son regard s'éclairait et elle devenait lumineuse, elle se détendait et ses yeux brillaient. Elle était comme à la messe en train de communier… Puis une nostalgie sans fond se répandait en elle. Elle avait gardé sa photo toute sa vie et me la présenta comme une relique. J'ai réalisé qu'elle avait dû être terriblement amoureuse de lui…

« L'insularité n'offre que peu de possibilités aux Corses, soit l'enfermement de ceux qui restent, la finitude de ceux qui n'y reviennent que pour y mourir ou l'anéantissement de ceux qui partent pour toujours[10]. » Mon grand-père était parti pour toujours.

Julia était allée porter plainte contre le journaliste de « *Corsica Matin* » qui avait écrit le titre de la première page du journal et avait entamé une procédure effrontée.

Les Corses ne peuvent concevoir d'exister que dans et par l'affrontement avec l'autre. Je compris plus tard que le groupe, en passant par la famille et le village, n'obtenait sa cohésion qu'en passant par la violence ; la violence qui n'était autre qu'une quête d'identité. Mais nous ne sommes en mal d'identité que lorsque c'est l'identification qui est en souffrance. En Corse, le drame prenait racine au niveau de la cellule familiale de base. Le problème était le manque fondamental de la place du Père, car la Mère corse est intouchable... La mère corse reconnait le père comme géniteur mais pas comme celui qui dicte le plaisir conjoint. Sa position reste fixée à l'enfant et elle ne l'abandonne jamais. L'enfant, comblé en permanence, est enfermé par la mère dans une relation duelle, close et le seul savoir qu'elle lui laisse, c'est l'impératif : « Tu dois aimer ta mère ».

Comment les jeunes corses pouvaient-ils se trouver eux-mêmes devant tant d'impossibilités ? Ils demeuraient sans doute dans la confusion de l'amour et du désir. La souffrance

---

[10]*La Corse, une affaire de famille, Créativité et folie,* Paris, Edition Quai Jeanne Laffite, n°2, Oct., 1984.

des jeunes à être eux-mêmes auteurs et acteurs de leurs désirs ne pouvait qu'exploser violemment. La position du père était dérisoire et, ne pouvant pas reconnaître cette situation inacceptable, il lui fallait chercher une issue, et il n'en trouvait qu'une, le lieu privilégié de tous les leurres, le jeu politique, le clan.

Le clan est le lieu où s'exerce le pouvoir. Mais dans le clan, un seul exerce le pouvoir, les autres ne le détiennent que par délégation. Le père devenait donc l'homme du clan, et les relations s'en trouvaient complètement modifiées, faussée. L'homme était tombé dans la dépendance du clan, il avait remis son désir au chef du clan pour renforcer le pouvoir politique ainsi créé, par manque. Car les fils étaient identifiés à leur mère et leur virilité, ils se devaient d'aller la chercher chez celui qui l'incarnait. Et c'était primordial pour eux de la vivre. Ainsi naissait le goût de la conquête du pouvoir politique.

La violence est liée à l'entrave du désir, mais ici en Corse, la conquête de son désir rencontrait des impossibilités majeures. L'ailleurs était un appel qui pouvait paraître une solution « Il s'agissait de passer la mer, premier obstacle de nature imaginaire dont la force est à la mesure de la résistance de la mère.» Ailleurs, on y était regardé différemment, on était capable de dire non, de poser une demande. Partir, c'était aborder ailleurs la conquête du désir, mais c'était aussi une perte, la perte de la Corse, des liens familiaux, de la terre. « C'est la nostalgie impossible de la terre impossible à perdre ». C'est le prix à payer. Reconnaître ses racines, c'est arrêter de prendre à son compte le désir de l'autre.

**

Le « *FRED SCARAMONI* » se détacha du quai du port de Bastia et s'éloigna progressivement vers la mer. Quelques rares passagers, dans la fraîcheur matinale, admirèrent une dernière fois la côte coiffée de ses montagnes bleutées. Patrick, rempli d'un bonheur nostalgique, regarda la Corse prendre de la distance. Il se promit de revenir, commença à se projeter dans un futur proche qui le ramènerait de nouveau sur cette terre qui le fascinait.

J'ai contemplé le lever du soleil de l'autre côté du bateau, à tribord, face au large, seule, exposée aux embruns marins. Quand le navire eut pris sa vitesse de croisière, j'ai sorti de mon sac un vêtement chaud, un stylo et la carte postale que j'avais achetée dans le village qui faisait voter ses morts. La carte représentait un voilier voguant sur les eaux turquoises des îles Lavezzi, l'endroit le plus au sud de la Corse et le plus proche de la Sardaigne. Je me suis alors appuyée sur le bastingage et j'ai écrit.

« Tu es pardonné, Kowalski, tu peux partir …Tu es libre. »

D'un geste ample, j'ai jeté la carte à la mer et je l'ai regardée virevolter, puis disparaître vers le Sud. Après un long moment de méditation, j'ai rejoint Patrick. Il était allongé sur un transat, emmitouflé dans son blouson. Je me suis installée à côté de lui et me suis penchée vers son oreille.

— Il faut beaucoup d'imagination !...

— Pour quoi faire ?

— Pour être trader à Wall Street…Tu te rends compte de toutes ces transactions virtuelles !... Quand on sait que sur tout l'argent du monde, il y a seulement 20% qui est affecté à l'économie mondiale et que tout le reste, soit les 80%, sert aux transactions virtuelles… C'est comme si l'invisible dirigeait le visible.

— Pourquoi tu penses à ça ?

— J'ai négocié la libération de Kowalski contre quarante ans d'angoisses existentielles et de peur de la mort.

— Raconte… Sans ton grain de folie je m'ennuierais mortellement.

Nous sommes descendus nous mettre à l'abri du vent et des moteurs dans un salon confortable devant des boissons chaudes. Patrick a attendu patiemment que l'instant se pose et j'ai parlé comme si je guérissais mon âme en soufflant le calme sur d'anciennes vagues déferlantes.

Patrick m'a écouté jusqu'au bout. La détente que son séjour lui avait procurée l'avait rempli d'une merveilleuse patience.

Marseille était en vue, nous arrivions sur le continent chacun enrichi dans sa subjectivité par des convictions toutes personnelles et chargées d'une force neuve. Nous avons retrouvé nos voitures dans le ventre du paquebot avant de reprendre l'autoroute en direction d'Orange.

12

Les incendiaires de l'ombre

*Dans vos jours amoindris, si votre vie fut juste, il naîtra de
nouveaux songes heureux, pour ensemencer les siècles.*

Pierre Rabhi

Raphaël était debout dans le salon de la maison de Fred
et marchait de long en large avec le téléphone à l'oreille. Concentré sur la conversation qu'il menait avec son interlocuteur,
il alluma une cigarette. Il était deux heures du matin.

— Oui. Nous avons les résultats de l'autopsie ; il avait des
lésions internes provoquées par un accident de moto insignifiant qu'il avait eu plusieurs jours avant sa mort. Non, rien
n'avait été décelé. Il a fait une hémorragie cérébrale et moi
comme un con, j'en ai remis une couche. Je sais… Laisse-moi
parler… J'avais besoin de consistance et de fermeté par rapport à ses intentions sur la cession des parts de société et je
n'ai pas compris qu'il était malade… Ce bruit ? C'est dehors.
Je ne sais pas ce que c'est… et je m'en fiche !

Des claquements secs s'étaient mis à résonner à l'extérieur
de la maison avec une intensité croissante. Raphaël, absorbé
par sa conversation, les entendait d'une oreille lointaine sans y
prêter attention. Ses émotions le liaient au combiné téléphonique qu'il tenait des deux mains comme pour donner du poids
à ses mots.

— Oui… Nous en parlerons de vive voix… Bien sûr… Mais c'est quoi ce bruit ? Attends, je sors.

Une lueur rougeoyante illuminait le ciel nocturne.

— Merde alors, on dirait un feu… oui, je m'avance, je vais aller voir de plus près. Ce n'est pas dans le lotissement. Ne quitte pas… Je suis sur la route, je vais aller jusqu'au virage et je monterai sur le mur de clôture… C'est quoi ces claquements, on dirait un feu d'artifice, on n'est pas le 14 juillet ! Le ciel est rouge, attends je grimpe… Putain ! C'est la ferme de Pops qui brûle… Il faut faire quelque chose… Appeler les… Non, ne quitte pas… il y a un voisin qui sort de chez lui.

— Monsieur ! Appelez les pompiers. Ils sont quatre dans la ferme. Je prends ma voiture et j'y vais… Rappelle-moi plus tard.

Raphaël déboula dans le salon, prit ses clefs et alla tambouriner à la porte de la chambre de Kathy :

— Kathy ! Lève-toi, viens vite, il y a le feu chez Pops.

En arrivant sur le chemin de terre à l'entrée de la propriété de Pops, Raphaël prit conscience de l'ampleur du désastre ; une fournaise consumait la ferme. Un ciel d'enfer avait allumé la campagne. Il ne pouvait pas s'approcher plus près et se gara au bord du champ. Des flammèches projetées en tous sens embrasaient les cultures environnantes. Il descendit de voiture et s'avança prudemment sur le chemin. Il hurla le nom de Pops, mais sa voix fut couverte par le bruit assourdissant du brasier. La sirène des pompiers, résonnant dans le lointain, lui donna le courage de continuer à marcher vers l'incendie. Bientôt, éclairées par les mouvances des flammes, il distingua quatre silhouettes prostrées sur le bord du sentier. Sophie, Pops et leurs deux fils regardaient, apparemment impassibles, le spectacle de la destruction inéluctable de leur habitation. Raphaël accourut vers eux. Ils avaient chacun un chat dans les bras. Les yeux hagards, Pops se tourna vers Raphaël et demeura silencieux. Le visage décomposé, Sophie semblait être en état de choc. Leurs deux fils s'avancèrent vers lui.

— Vous n'avez rien ? demanda-t-il.

— Non.

— Que s'est-il passé ?

— On dormait…

Le dialogue fut brisé par le fracas de la combustion qui déchaîna un ouragan d'étincelles. La sirène se fit omniprésente. Les véhicules de secours se postèrent en position d'intervention et les pompiers demandèrent l'évacuation, sans ménagement.

— Reculez ! Eloignez-vous du feu ! Ya encore du monde à l'intérieur ?

— Non. La bouteille de gaz est vide, on allait la changer demain, précisa Sophie désorientée.

— Dégagez du chemin ! Ne restez pas là …

Des ombres chinoises aux abords du lotissement regardaient l'incendie de loin, sous le ciel lourd chargé d'orage.

Kathy se tenait debout sur le mur de clôture. Elle fouillait l'obscurité à la recherche de silhouettes susceptibles de réapparaitre au milieu de la nuit infernale.

Le feu finit par faiblir grâce à l'efficacité des Sapeurs-Pompiers. La famille Duvivier monta dans la voiture de Raphaël qui les ramena chez lui. Pops était en pyjama, Sophie enveloppée dans un peignoir de bain. Leurs deux fils avaient eu le temps de s'habiller. Sans un mot, ils se réfugièrent tous dans la maison de Fred.

Il était quatre heures du matin. Kathy prépara du tilleul et le servit au salon. Silencieux, les Duvivier étaient serrés les uns contre les autres dans le canapé en cuir. Kathy regarda soudain Sophie qui essuyait ses yeux rougis.

— Sophie ! Dis-moi…

— Oui ?

— Dis-moi que vous êtes assurés...

— Normalement oui… Mais je n'ai pas pu payer la dernière facture, elle a beaucoup trop augmenté. Mon contrat de travail se termine à la fin du mois et ne sera pas renouvelé.

— Quelle est la date limite de paiement de ton avis d'échéance ?

— Ces jours-ci, je ne sais plus… Tout est à la maison. Enfin, était…

— Vous devriez aller vous reposer quelques heures jusqu'à ce que le jour se lève… Je vais te mettre des vêtements dans la chambre. Raphaël va aller ressortir les cartons du garage où les affaires de Fred sont rangées. Prenez ce dont vous avez besoin pour vous habiller. Donne-moi le nom de ton assureur.

À sept heures quarante-cinq, Kathy sortit de chez elle et démarra en direction du centre-ville. La circulation était engorgée par les travailleurs matinaux. Kathy ne prit pas la direction de son bureau, mais se gara sur une place de parking payant. Son cœur se mit à battre plus vite. Elle respira à fond, puis poussa la porte vitrée d'un bureau luxueux et aéré. Trois secrétaires étaient en train d'ouvrir leurs ordinateurs. Il était huit heures cinq. Kathy s'assit et patienta un moment avant qu'une secrétaire ne l'invite à s'avancer et à s'installer en face d'elle.

— Je viens régler une cotisation d'assurance.

— D'accord, rappelez-moi votre nom.

— C'est pour Madame Duvivier. En fait... Je suis de sa famille. Elle m'avait confié son avis d'échéance et son chèque ; elle s'est foulé la cheville. Je devais donc vous le remettre la semaine dernière mais, je suis désolée, j'ai égaré ses papiers ! Est-ce que vous avez les références ?

— Bien sûr... Six cent quatre-vingts euros. Ça a augmenté cette année, c'est à cause des intempéries climatiques successives.

— Je vous fais un chèque. Vous voulez me rappeler la date d'échéance, je l'ai oublié !

— Datez-le au 21 octobre. C'était hier !

— À quel ordre s'il vous plait ?

— Au cabinet Christophe Martin-Bitth.

— Le chèque est à mon nom, je m'arrangerai avec elle plus tard. Pouvez-vous m'en faire une photocopie, s'il vous plait ?

— Oui, bien sûr.

La secrétaire se leva pour se diriger vers le photocopieur, son regard se tourna vers l'entrée et elle sourit.

— Bonjour, Monsieur Martin-Bitth, vous êtes matinal aujourd'hui !

— Bonjour.

Un homme d'une quarantaine d'années se dirigea vers un bureau vitré et s'installa sur un siège confortable face à un arsenal informatique. Il dévisagea Kathy des pieds à la tête et alluma son ordinateur tout en surveillant, d'un œil discret, la porte d'entrée.

— Voilà, votre quittance et la photocopie.

— Merci, au revoir Madame.

— Au revoir et bonne journée, répondit la secrétaire.

143

En sortant, Kathy croisa des clients qui arrivaient, elle rejoignit sa voiture et rentra chez elle où elle trouva Raphaël en train de s'occuper de ses hôtes. Il avait fait le café et acheté des croissants. Lançant un regard interrogateur à Kathy qui lui répondit d'un sourire entendu.

Un homme élégant, d'une trentaine d'années, se trouvait dans le salon et discutait avec Sophie. Raphaël fit les présentations.

— Kathy ! Je te présente Grégory Vincent.

Le spectacle de désolation qu'offrait la ferme carbonisée était insoutenable. Seuls les murs maîtres de la bâtisse étaient encore sur pied. La pluie qui tombait avait recouvert le sol d'une boue noire et une odeur âcre empestait la campagne. Sur les conseils de Kathy, Sophie attendit le lundi avant d'aller déclarer le sinistre. Elle se présenta alors au cabinet d'assurances à dix heures du matin. Après lui avoir expliqué ce qui était arrivé, la secrétaire lui dit que pour un sinistre de cette ampleur il lui fallait appeler le directeur d'agence. Monsieur Martin-Bitth arriva, l'air sûr de lui et afficha un intérêt préoccupant. Il invita Sophie à le rejoindre dans son bureau vitré où elle s'installa en face de lui.

— Madame Duvivier, c'est une véritable catastrophe cet incendie ! Qu'est-ce qui a bien pu se passer ? Votre installation électrique était-elle aux normes ? Je vais sortir votre dossier. Je vous demande deux petites minutes.

Sophie ravala sa salive.

— Oui, l'installation électrique était aux normes.

— Madame Duvivier ! Je suis désolé mais vous n'aviez pas réglé le montant annuel de votre cotisation d'assurance au 21 octobre. Vous dites que le sinistre a eu lieu dans la nuit du 21 au 22 à 1 heure 30, n'est-ce pas ?

— Oui, mais la facture a été réglée, j'ai la quittance.

— Comment ! Montrez-moi ça !

Il fronça les sourcils et, d'un geste sec, prit les documents pour les examiner, tout en appuyant sur son interphone :

— Francine ! Venez dans mon bureau.

— Est-ce que vous vous souvenez avoir vu Madame Duvivier vendredi ?

— Non.

— D'où sort cette quittance alors ?

— Ah oui ! Une personne est venue régler pour elle. Votre cheville va mieux ?

— Oui. Merci, dit Sophie.

— Bon, Madame Duvivier, nous allons enregistrer votre déclaration et demander une expertise du sinistre. Donnez-moi votre nouvelle adresse.

— Mais Monsieur, nous sommes à la rue. Nous sommes hébergés chez des voisins pour l'instant. Il faut trouver une solution rapidement pour nous reloger en attendant…

— En attendant quoi ? Vous vous rendez compte de l'étendue des dégâts ! La compagnie n'a pas fini d'expertiser… Donnez-moi un numéro de téléphone où je peux vous joindre, ma secrétaire vous rappellera… J'ai beaucoup de travail ce matin. Au revoir Madame, Francine restez là.

Toujours sous l'effet du choc de l'incendie, Sophie sortit de l'agence en tremblant. Christophe Martin-Bitth décrocha nerveusement son téléphone et interpella sa secrétaire.

— Francine ! Vérifiez si le chèque a bien été encaissé, sinon recherchez-le et apportez-le-moi.

**

N'ayant plus de musique dans le cœur, enveloppé de sa sainte indifférence, Pops s'était recroquevillé au centre de lui-même, silencieux. Il n'était plus sorti de son mutisme depuis la nuit de l'incendie. Patrick le regarda avec l'attention bienveillante qu'il était capable de porter à un patient souffrant, quand il était lui-même en pleine possession de ses capacités d'empathie. Avant, il se sentait trop stressé pour capter l'insondable. En Corse, il était trop dilaté pour évaluer l'invraisemblable. Et maintenant, il ne se sentait pas assez intelligent pour intervenir. Partout, il y avait quelque chose qui le faisait se heurter aux réactions imprévisibles de Pops.

Ses yeux croisèrent ceux de Sophie et il comprit qu'elle partageait son inquiétude.

Patrick se tourna vers moi et, ce jour-là, je sus troquer mon irrationalité contre des solutions pratiques.

La situation inextricable dans laquelle se trouvait la famille Duvivier était devenue dramatique. J'ai proposé spontanément la remise en état de l'appartement du rez-de-chaussée de notre maison afin qu'ils puissent y loger en attendant une issue plus favorable. Il suffisait de quelques bras pour faire du ménage et virer des cartons. Patrick acquiesça à ma proposition et mon idée parut appréciée. Il fallait intervenir en ce sens le plus tôt possible, avant que tout le monde ne s'enfonce dans une déprime qui pouvait devenir fatale pour Pops. Raphaël y alla aussi de sa bonne volonté, en proposant de s'occuper, avec Kathy, du problème de l'assurance. Il demanderait conseil à son ami Gregory Vincent, avocat à Nîmes.

La situation semblait se débloquer. Kathy en profita pour placer quelques mots sur le compte-rendu de l'autopsie de Fred qui écartait l'hypothèse d'un assassinat, elle tendit le dossier à Patrick. Dans un regain d'énergie, elle rappela à tous que l'enquête de police était close ; la réhabilitation de Patrick était

146

parue dans les journaux et elle proposa une cotisation commune afin de financer l'avance des frais de la prime d'assurance de Pops et Sophie.

Quelques jours plus tard, l'appartement du rez-de- chaussée notre maison était remis en état. Le poêle à bois répandait une odeur de pin et les lampes rayonnaient un éclairage chatoyant. Le lieu abandonné reprenait vie

Dans le jardin, le marronnier au feuillage mordoré se dégarnissait peu à peu, un tapis de feuilles mortes tombées du tilleul avait recouvert l'herbe d'un manteau jaune lumineux. Un matin, Sophie posa délicatement ses pas au milieu du feuillage humide de rosée en respirant la fraîcheur revigorante de la journée naissante. Je l'aperçus du haut de la terrasse et descendis l'escalier extérieur pour la rejoindre, Sophie se retourna avec un sourire doux sur le visage.

— Si tu savais comme je suis heureuse, me dit-elle, Pops va mieux… Il est retourné au théâtre tout à l'heure.

— Je ne savais pas qu'il faisait du théâtre !

— Non… Au Théâtre Antique.

— Pour quoi faire ?

— Il y allait souvent, avant… Il écoute les vibrations du Grand Mur.

— C'est-à-dire ?

— Il mémorise les musiques des grands opéras qui se jouent chaque été. Il dit que le Grand Mur lui renvoie la musique sous forme de vibrations, que tout est enregistré dans les pierres et qu'il peut en capter les fréquences. Il connait les opéras par cœur. Cette nuit, il ne s'est pas couché, il est resté dans la cuisine avec la lumière allumée jusqu'au matin. En me réveillant, je l'ai entendu chanter. Il a toujours dit que : « Chanter, c'est prier deux fois ». Je crois qu'il est guéri.

Sophie m'adressa un ineffable sourire et je restai pensive.

— Je pars accompagner les enfants au CFA de Carpentras. Il n'y a plus grève. Je serai là vers midi, me dit-elle.

Je ne savais plus que penser. Pops avait toujours eu une voix de ténor et je croyais que sa culture musicale avait une autre origine que celle avancée par Sophie. Je le savais agoraphobe, c'est pourquoi il n'allait jamais assister aux Chorégies l'été. J'ai réalisé que je ne m'étais jamais vraiment posé la question, à savoir comment il avait mémorisé si parfaitement tous ces grands airs d'opéra. Chez eux, je n'avais jamais entendu de musique. Je n'ai pas cherché à approfondir un mystère de plus qui donnait à Pops sa dimension si particulière. Seules quelques rares personnes pouvaient l'appréhender et l'accepter tel qu'il était. Je décidai donc de taire cette nouvelle donnée déconcertante ; Patrick, pour sa part, s'était mis en tête de guérir Pops de ses hallucinations.

En fin de matinée, une voix résonna au bout du jardin qui chantait un air de Puccini « *Che gelida manina* » dans « *La Bohème* ». Je descendis l'escalier et attendis au bout de l'allée.

— Ça fait plaisir de t'entendre chanter !

— Viens… Il faut que je te montre quelque chose, me dit-il.

— Au fait Pops ! Il y a deux hommes qui sont venus pour te voir tout à l'heure… Des certains… Garcia et Duplan. Ils veulent absolument te parler, ai-je précisé en lui emboîtant le pas.

— Ils ont empoisonné mes chiens, brûlé ma maison et maintenant ils veulent m'acheter mes terres avec une poignée de figues. Entre, viens boire un verre de kombucha.[11]

— De quoi parles-tu ?

---

[11] Boisson fermentée à base de thé.

Pops haussa les épaules sans commentaire et je le suivis pénétrant dans l'appartement par la porte du jardin. Sur le mur, un cadre en carton ancien de forme ovale attira immédiatement mon attention.

— C'est toi qui as accroché le portrait de ma grand-mère sur le mur ?

— Oui, ça lui fait plaisir... Elle est chez elle ici. Ce soir c'est *la nuit de Samain*, on est le 31 octobre. Comment elle s'appelait ?

— Jane Chevalier.

— Tout s'explique...

— Quoi ?

— Son nom ! C'est l'essence des choses qu'il faut saisir... Ce soir c'est « *la nuit de Samain* [12]» je te dis !Le voile qui sépare le monde des vivants du monde des morts devient très mince.

Je scrutais le portrait dans le cadre mural. Je n'avais jamais connu ce visage à la peau blanche et à la radiante fraîcheur. De ces yeux bruns magnétiques émergea le souvenir d'un visage terne et ridé qui vint se superposer à l'éternelle jeunesse qui s'affichait derrière le verre poli. La vieille femme tourmentée avait passé la dernière partie de sa vie à créer des conflits afin qu'on renvoie un écho à ses exigences humaines, qu'on lui accorde plus de temps, plus d'écoute et plus de considération. Face à l'indisponibilité d'une famille déchirée par des conflits conjugaux, elle choisit, dans sa maladresse, la haine et la rancœur, s'engloutissant elle-même dans la déchéance. Sa vie, jalonnée de deuils, s'était heurtée au seuil de la mort sans jamais parvenir à en sonder le sens. Athée par esprit de rébel-

---

[12] Fête celtique qui correspond à la Toussaint.

lion, le morcellement de son existence n'avait pas suffi à la convaincre de changer d'attitude. Ainsi, poursuivit-elle seule son passage terrestre à errer dans l'immensité de sa vaste demeure, désertée par les siens, sans ne jamais trouver un sens à son désarroi ni le passage étroit vers la lumière salvatrice. Ni de son vivant, ni après son décès…

Une émotion particulière m'envahit et, spontanément, j'exprimai une conviction qui rejoignait celle de Pops.

— Il faut la décoincer !

— Je sais…Viens voir ce que j'ai trouvé au fond d'un placard.

— Oui, je me doute… des ossements humains ?

— Non, du courrier de Varsovie… Des os humains, tu dis ?

Après une virevolte en direction de Pops, je lui plantai, droit dans les yeux, mon regard des plus perplexe.

— Et toi, tu as dit… Varsovie !

**

Quelque chose rongeait Franck Garcia de l'intérieur. Il était devenu hypocondriaque. Son médecin baissait les bras devant ses examens médicaux parfaitement normaux. Des souffrances multiples sans origine biologique détérioraient sa santé. A force de jouer le perturbé psychologique pour justifier sa mise en longue maladie, il était aussi devenu paranoïaque. C'est que le cerveau humain est particulièrement sensible aux conflits d'intérêts comme aux ordres et contrordres d'une mentalité tourmentée par une mauvaise conscience qui se voulait néanmoins de bonne foi.

Il devenait impératif, voire capital, de choisir son camp en connaissance de cause ; l'avidité sans frein précipitant la chute de l'esprit face à l'ego tapageur. Non seulement l'incendie de la ferme de Pops n'avait rien apporté à la quête spéculative de Garcia mais le pire c'était que l'enquête de la compagnie d'assurance mettait son ami Martin–Bitth dans une situation risquée délicate.

Le chèque de la cotisation avait été encaissé par la banque le matin-même de la déclaration de sinistre. Tout s'était joué à une heure près. Comme tous les lundis matin, une secrétaire était allée déposer les chèques de la semaine précédente au guichet. Quand Christophe Martin-Bitth avait voulu le récupérer il était trop tard.

Les Duvivier étaient légalement assurés. Ayant augmenté le montant de la cotisation exagérément afin de les mettre en difficulté de paiement, le contrat d'assurance bénéficiait désormais d'options supplémentaires qui allaient s'avérer avantageuses pour leur client. De plus, personne n'avait jamais soupçonné les Duvivier d'avoir un avocat, ce qui compliquait bigrement les choses !

Franck Garcia était nauséeux. Il ne sortit plus de chez lui essayant de soigner sa crise de foie récurrente.

Le promoteur immobilier Gilles Martin se réfugia dans un dédain hautain et passa ses journées dans les textes de loi pour essayer de parer du mieux possible à toutes éventualités. Redoutant le pénal, il anticipait le désastre.

Jean Duplan doubla sa consommation de gauloises sans filtre et se renferma dans le nuage bleuté de ses ruminations ; cherchant à savoir comment sortir des méandres de ces malheureuses affaires.

**

Pops posa un tas de papiers jaunis sur la table de la cuisine.

— J'ai trouvé un texte en latin.

— Je l'ai lu, lui dis-je : *Les seigneurs de l'antique édifice dit « les Arènes à Orange » en font donation à l'Ordre du Temple.* C'était en 1138.

— Et Jean de Jérusalem ?

— Ah, non ! Je ne connais pas.

— C'est parce que tu n'es pas allée voir jusqu'au fond du carton. Par contre, les souris y sont allées et elles ont mangé le papier. C'était un des créateurs de l'Ordre des Templiers, je me demande bien comment ce truc-là est arrivé à Varsovie. Cette page est lisible, écoute : « *Jean de Jérusalem, était l'un des créateurs de l'Ordre des Templiers, il écrivit ses prophéties dans la ville de Jérusalem qu'il habita pendant vingt ans. On pense qu'il disparut vers 1120 à l'âge de 77 ans, ce qui était exceptionnel pour l'époque. Le manuscrit original de ses prophéties fut découvert en 1942 à Varsovie. Après avoir mystérieusement disparu, le manuscrit réapparaît quelques années plus tard dans les archives du KGB, déchiffré par un certain professeur Galvieski dont personne n'a retrouvé la trace. La prophétie compte 40 versets.* »

— D'où ça sort ?

— En tout cas, regarde !

Pops étala avec précaution les feuillets sur la table, en proie à une frénésie peu coutumière, comme si sa curiosité trouvait satisfaction.

— *3ᵉ verset « Lorsque commencera l'An Mille qui vient après l'An Mille, se dresseront en tout point de la Terre des*

Tours de Babel. Les champs se videront. Mais les Barbares seront dans la ville. Il n'y aura plus de pain pour tous. Et les jeux ne suffiront plus. Alors les gens sans avenir, allumeront les grands incendies. »[13] Tu te rends compte ! Ce qui vient de nous arriver était déjà écrit il y a mille ans !...

— Intéressant mais...

— Le reste se lit mal à cause des souris. Je vais essayer de rassembler les morceaux.

— Est-ce qu'il y a encore des souris dans l'appartement ?

— Je ne crois pas, on a dû les déranger et puis il y a les chats maintenant... Il y a des os humains, tu disais ?

— Je t'expliquerai plus tard. Il faut que je parte, on se verra demain.

**

Le soir même, le mistral se leva, glacial. Les branches cassées des grands arbres du jardin jonchaient le sol. Je m'étais réfugiée dans la cuisine, la seule pièce que j'arrivais à tempérer par temps froid, et je cuisinai pour le lendemain.

Patrick devait rentrer vers vingt-deux heures de l'hôpital. Il faisait nuit et le vent hurlait. Je fermai les volets de la porte-fenêtre pour mieux calfeutrer la cuisine et me sentir en sécurité. Les chiennes dormaient dans leurs paniers. J'étais paisible, la présence de la famille Duvivier au rez-de-chaussée me rassurait et je me sentais moins isolée dans l'immensité de la demeure. Réalisant que je m'étais lancée dans de la cuisine com-

---

[13] Verset des prophéties du Templier Jean de Jérusalem, An 1120.

pliquée, je sortis une pizza du congélateur pour le repas du soir. Je la mis dans le four en réglant le thermostat sur vingt minutes. Quelques minutes plus tard, une sonnerie stridente et ininterrompue retentit du four. La pizza était à point. Quelques secondes de plus auraient suffi à la carboniser. Je réalisai que la minuterie continuait sa programmation et qu'il restait encore quinze minutes de cuisson. Intriguée par le fonctionnement inhabituel de ce four, je découvris que, pour provoquer cette sonnerie stridente, il fallait appuyer sur un bouton rouge. Une pensée stupide me traversa alors l'esprit ; quelqu'un avait peut-être appuyé sur le bouton rouge pour m'avertir que la pizza brûlait…

C'est alors qu'une sensation connue, me fit aussitôt ressentir une présence à mes côtés. Je pensai *« Ce soir c'est la nuit de Samain ! » Il va me rendre folle ce Pops…*

L'odeur de la pizza bien dorée embaumait la cuisine. Un mouvement de mes pensées, incessant et contradictoire, me ballotta un instant. Qui aurait pu avoir la prévenance de m'éviter de faire brûler le repas ? Je souris de la crainte que m'inspirait mon interprétation puis, rebelle, je me dis que rien ni personne ne pouvait m'empêcher de penser ce que je voulais ; c'était la seule liberté qui restait encore en ce monde. Et, comme pour me justifier à mes propres yeux, je me répétais que j'aimais être à l'écoute de mes perceptions et trouver un sens aux évènements même si le four s'était tout simplement déréglé et que le hasard avait bien fait les choses. Je me mis à penser à Kowalski. Je me rassurais en me disant que si je glissais vraiment vers la folie, Patrick ne prendrait pas de gants pour me le faire savoir.

— Kowalski, c'est toi ? ai-je demandé à haute voix en restant à l'écoute de mon ressenti.

Je ne captai rien de significatif, aucune vibration correspondant à ce que j'avais pu percevoir en Corse ne vint tinter dans l'atmosphère feutrée. Kowalski était bien parti rejoindre son nouveau soleil. Mais soudain, l'air devint cotonneux et un frisson parcourut ma nuque.

— Qui est là ?

Immédiatement, une énergie toute particulière me fit ressentir une pesanteur massive et je lâchai ma cuillère en bois en m'exclamant malgré moi.

— *Jane* ! *Qu'est-ce que tu fais là !...*

L'évidence déferla : mon esprit reçut une longue phrase explicative qui s'imposa à la vitesse d'une prise de conscience. Elle était là parce qu'elle était chez elle, retenue prisonnière au centre des arènes, absorbant depuis trente ans les fruits empoisonnés de sa vie tragique. Pops avait raison, c'était l'essence qui se distillait. L'air se mit à vibrer et mon doute gluant se métamorphosa en lucidité extrême, une synthèse d'informations abstraites s'agença en données claires et évidentes comme l'émergence des bulles dans une flûte de champagne.

Depuis la mort de son fils à l'âge de vingt ans, ma grand-mère Jane n'avait jamais cessé de se lamenter. Elle s'épanchait sans cesse sur son sort, n'arrivant plus à faire les deuils. Deuils qui avaient jalonné sa vie depuis son enfance. Elle avait traversé l'époque des grandes guerres et des hécatombes familiales. Veuve une première fois à vingt-cinq ans, elle avait perdu son fils aîné, mort à vingt ans d'une erreur médicale. Ne trouvant plus de force en elle, ni assez de soutien extérieur, elle devint aigrie. Ses émotions sans issue tournaient en boucle au fond d'elle-même en rejouant toujours le même scénario. Elle en voulait au monde entier dans une haine exacerbée, crachait son venin face à l'incompréhension que lui renvoyait sa condition morale misérable, puis se repentait dans les larmes du désespoir. Quand le souvenir de la mort faisait irruption de sa mémoire volcanique, ses pulsions macabres trouvaient leur exu-

155

toire dans le sacrifice d'un vieux chat. Elle enfermait la pauvre bête dans un sac en toile et le noyait dans le bassin en le maintenant sous l'eau jusqu'à ce que mort s'ensuive. Elle posait ensuite de grosses pierres sur le corps sans vie de l'animal au fond de l'eau pour apaiser les tourments de sa propre folie. Pour calmer ses angoisses, elle passait son temps au cimetière à fleurir la tombe de roses en porcelaine éclatantes et inaltérables, au parfum de sa désespérance. Prise dans la matière de sa propre noirceur, elle s'était enchaînée au marbre du tombeau dans un perpétuel rituel. Une obsession l'attirait en ce lieu en sens inverse du chemin habituel, jusqu'à l'ultime dématérialisation.

Jane voulut revoir son fils. Le poids des ans pesant sur sa carcasse usée, l'idée que ses jambes ne puissent plus la porter jusqu'au cimetière, il fallut que le fond de la tombe vint à elle !

Prétextant la nécessité d'une réduction de corps, elle fit ouvrir le tombeau et soudoya les ouvriers des Pompes Funèbres. Avide de son amour filial terrestre, elle assista à la découverte du cercueil pourri, éventré par le temps et l'humidité. Au milieu des restes du corps, elle gratta la poussière et vola une partie des os de son fils. Jane cacha ses reliques comme un trésor et s'enfuit vers un apaisement relatif jusqu'à sa propre mort, en serrant un sac d'os contre son cœur.

Son âme ne put jamais se libérer de cet attachement délirant, de la densité matérielle. Son obsession démesurée à la seule dimension des apparences la riva à l'écueil de sa propre vie. Prisonnière de son esprit meurtris par trop de deuils non accomplis, elle tournait toujours en rond depuis trente ans au centre des arènes virtuelles qu'elle s'était façonnée. Elle tentait désespérément d'attirer l'attention des vivants sur son calvaire et déchaînait ses foudres comme auparavant sur les indélicats qui ne la prenaient pas en compte ; c'est-à-dire tout le monde puisqu'elle était morte physiquement et qu'elle ne leur apparaissait plus vraiment.

Depuis sa mort, personne n'avait pu vivre en paix dans cette maison ; divorces, décès et conflits avaient fait éclater les plus unis des couples et déstabilisé des familles entières. La maison avait été fermée, puis s'était dégradée jusqu'à devenir impossible à louer.

À l'époque où j'étais jeune, les enfants ne pouvaient pas exprimer un désir et encore moins donner une opinion. Cependant, j'avais passé du temps dans mon enfance à écouter les revendications de Jane, ainsi que ses plaintes, ses frustrations, ses colères et le secret de ses reliques osseuses sacrées.

Sous le même toit, j'étais écartelée entre la vieille femme tourmentée et féroce et une mère complètement immature. Pour survivre au milieu du déchaînement des forces antagonistes, je pris de l'altitude afin de me détacher.

Comme de la cendre emportée par le vent, je parvins à m'extraire des conflits d'intérêts qui jalonnaient les egos malveillants autour de moi. L'éternelle incompréhension des uns et des autres, de ma propre personne, martelait pourtant ma conscience de craintes inavouées. Si aujourd'hui Jane était encore là, à errer, je devais me rapprocher d'elle et dépasser mon appréhension, cheminer vers l'achèvement de notre condition commune dans cette demeure et ce passé commun. Il me fallait redescendre dans la réalité glauque d'une enfance perdue pour accueillir de nouveau le sens des choses éprouvées, et tout reconsidérer sous un autre angle afin de trouver une voie libératrice. Or, cette prise de conscience me montra le chemin déjà parcouru ; j'étais près du but. Comme avec Kowalski, un climat intensément émouvant m'étreignit. À partir de la juste compréhension de la vie de Jane, je ressentis un sentiment d'amour inconditionnel et, comme un souffle d'air frais, une brise traversa mon corps.

J'allai demander à Pops de m'aider à libérer l'âme de Jane mais, je savais que le processus avait déjà commencé...

157

**

Le lendemain, vers midi, Pops frappa au volet de la cuisine du premier étage. Patrick l'accueillit avec un sourire amical et lui offrit un café.

— Comment vas tu Pops ? Le dossier d'assurance avance-t-il ?

— Je ne sais pas, c'est Sophie qui s'en occupe.

— Cela ne t'intéresse pas ?

— Non, de toute façon…

— De toute façon, quoi ? Tu as un bon avocat et il se payera sur les indemnités que vous allez récupérer à la fin ! Tout va bien.

— Tiens, tu peux le lire si tu veux.

— Qu'est-ce que c'est ?

— Une prophétie. Mais, malgré tout ça finit bien...

Patrick éclata de rire.

— Nous ne vivons pas sur la même planète, Pops, mais je t'apprécie beaucoup… Je comprends que les démarches administratives te dépassent et t'exaspèrent, c'est pour ça qu'il est préférable de laisser faire Sophie. J'aime mieux t'entendre chanter et raconter des conneries que de te voir dans l'état où tu étais après l'incendie. Je me suis vraiment inquiété pour toi. Mais maintenant, je sais que tu vas bien, tu es sorti d'affaire. Garde les pieds sur terre et occupe- toi, continue à chanter, à faire le jardin. Si tu veux m'aider à réparer la maison, nous pouvons y réfléchir ensemble. Je vais prendre quinze jours de repos à Noël, on passera les fêtes de fin d'année ici, ce sera sympa.

J'entrai dans la cuisine pour me joindre à eux et prendre un café.

— Tiens, me dit Pops, j'ai recollé les morceaux, il manque des versets. Ne t'affole pas, il y a une bonne fin.

— Ah merci, je vais les lire.

Je pris les documents, ma tasse à café, et disparus dans le salon. Je m'installai dans un fauteuil, enroulée dans une couverture pour commencer à lire la prophétie de Pops ou plutôt celle de Saint-Jean de Jérusalem.

Aussitôt que j'eus terminé, je fis irruption au milieu de leur conversation, les feuillets de la prédiction à la main en levant le bras pour interpeller Pops.

— Pops ! La bonne fin… c'est pour dans combien de siècles ?

— C'est une affaire d'horloge interne.

— C'est-à-dire ?

— C'est maintenant si tu veux.

Patrick tapa sur la table avec le plat de sa main, agacé par mon intrusion en plein milieu de leur conversation.

— Merci pour ta politesse. Nous sommes en pleine discussion. Ne viens pas me perturber Pops… Nous parlons de choses concrètes et pratiques.

— Parce que c'est moi qui perturbe Pops maintenant ?

— On va aller voir la pompe à eau. Viens Pops, on descend.

**

Noël scintillait de mille feux dans le cœur de Sophie. Les démarches juridiques de Gregory Vincent commençaient à porter leurs fruits. Ils avaient bon espoir d'être indemnisés du sinistre de leur maison et pourraient peut-être envisager de reconstruire. Elle avait fini de préparer des gâteaux pour le réveillon. De mon côté, je m'affairais également à l'étage à d'autres préparatifs de Noël

L'ancien lustre en cristal avait retrouvé de sa vigueur et la grande pièce du séjour brillait. Les flammes des bougies disposées sur les meubles animaient la pièce de leurs lueurs dansantes. Le feu de cheminée répandait une douce chaleur dans l'immense pièce et il faisait bon s'y sentir vivre.

Tandis que je préparais le poisson avant sa mise au four, Patrick qui tartinait les derniers toasts me fit remarquer :

— Le travail manuel, il n'y a rien de tel pour s'ancrer les pieds sur terre. Depuis que Pops et moi bricolons ensemble, il s'avère qu'il est de plus en plus concret. Il a des idées géniales et bien pratiques auxquelles je n'aurais jamais pensé moi-même. Non seulement ses discours sont cohérents et rationnels, mais il est ingénieux, je n'en reviens pas. Comme quoi, il ne faut jamais se fier aux apparences. Fred me l'avait pourtant dit mais je ne voulais pas le croire…De plus, je suis content que Raphaël ait accepté de passer Noël avec nous.

Pops arriva le premier par l'escalier intérieur, les bras encombrés de plats à tarte qu'il déposa dans la cuisine. Il rejoignit le salon et se campa devant le foyer ardent. Patrick le rejoignit avec une bouteille de champagne et se posa auprès de lui. Le bouchon claqua en résonnant dans la pièce et frôla le lustre dans un tintement vibrant mais sans rien briser.

— Tu te rends compte Pops, dit-il. Tu vois ce lustre en cristal avec ses six ampoules en forme de bougies. Il ne s'allumait plus ou bien il clignotait par intermittence et ce n'est pas faute d'avoir changé les ampoules plusieurs fois. Mais elles claquaient systématiquement au bout de quelques jours. J'ai pensé que cela venait de l'installation électrique défectueuse, alors je n'ai plus rien touché. Eh bien, depuis peu, je ne sais pas pourquoi, toutes les ampoules se sont remises à fonctionner normalement, sans raison... Je n'y comprends rien en électricité.

Silencieux, les mains posées sur le ventre, Pops leva la tête et regarda le lustre éblouissant de lumière, un ravissement sur le visage. Patrick lui tendit alors une coupe de champagne et trinqua avec lui. Pops en but une gorgée et posa son verre sur la table basse, comme pour mieux s'exprimer.

— Ce matin je suis allé à l'église et j'ai appelé Satan. Je lui ai demandé : « *Pourquoi tu embêtes les gens comme ça ?...* » Il m'a répondu : « *Mais ce sont eux qui m'appellent !* »

✶✶

Le matin de Noël, Patrick se réveilla de bonne heure. Il regardait fixement les poutres du plafond de la chambre en proie à un sentiment de déception et de tristesse. Il avait cru pouvoir aider Pops. Il avait du mal à accepter que tout l'espoir qu'il avait mis dans son travail d'approche avec lui ait échoué. Il avait espéré et attendu un changement d'attitude dans son comportement et il réalisait qu'il ne pouvait pas l'atteindre.

Réveillée, je me suis alors adressée à Patrick.

— Il est tôt, il y a quelque chose qui ne va pas ?

— Je suis déçu, me dit-il. C'est à cause de Pops.

— Tu espérais quoi ?

— Je ne sais pas... peut-être qu'il devienne normal.

— Il n'y a pas de normalité cachée derrière ce qu'il est. Il est à lui seul une manière d'être différente. Tu voudrais qu'il cesse d'exister et qu'un étranger que tu puisses appréhender apparaisse derrière son visage ?

— Il me sidère par son intelligence et l'instant d'après il me raconte des choses hallucinantes. Parfois, quand j'essaye de rentrer en contact avec lui, il ne réagit pas, il ne me voit pas, il n'y a rien qui passe.

— Ce n'est pas vrai, c'est parce que tu utilises ta propre compréhension, tes propres sentiments et tes propres expériences à propos des relations. Pops ne réagit pas toujours selon les codes de nos systèmes. Il ne partage pas la même compréhension admise, Il ne parle pas le même langage, c'est comme s'il venait d'un autre pays. Je pense que c'est lui qui fait beaucoup d'efforts pour nous comprendre.

— Et avec toi ?

— Notre relation est différente… Si tu insistes sur les choses que tu considères comme normales, tu ne rencontreras que frustration, déception et ressentiment. Si tu t'approches sans préjugé et ouvert à apprendre de nouvelles choses, tu trouveras un monde que tu n'aurais jamais pu imaginer.

S'il y avait bien une tragédie avec Pops, ce n'était pas à cause de ce qu'il était mais, à cause de ce qui lui arrivait. Il était à la recherche de l'unité enfouie dans l'homme.

Moi, je ne faisais pas encore la distinction entre ce qui est vrai et sensé et cette partie trop attachée aux apparences car tout ce que l'on attire à soi dans la vie est perçu par les sens. Les forces et les matières qui nous constituent nous emprisonnent afin de nous retenir à tout prix. En dépit de nos perceptions, il y a entre le monde de la matière et l'invisible des échanges sans obstacle.

J'avais découvert que le mur que nos pensées construisait se révèle être une illusion d'optique nourrie par la surabondance de préoccupations matérielles. Celles-ci, comme un voile, soustrait à nos yeux l'autre réalité.

Maintenant, je comprends que nous vivons dans un monde où rien n'est véridique, où rien ne demeure, tout va et vient indéfiniment et tout se forme pour finir par se désagréger. Seule l'essence des choses enracinées dans l'esprit demeure.

Je réalise que, lorsque la coupe des expériences de la vie est pleine, lasse de tout, une crise survient forcément. Elle peut mener à une résignation ou à une amertume, mais aussi à un éveil, à un déplacement des ambitions de l'ancienne conscience pour s'orienter vers des signes ignorés depuis trop longtemps par le vacarme de la terre. Et si j'avais interprété l'enfermement comme une limite géographique, je réalisais désormais que ce n'était pas le firmament qui constituait notre limite, mais bien notre conscience.

Pops était ancré dans une réalité qui lui était propre et il était peut-être en train de nous attendre. Grâce à lui, je pus identifier les « salamandres ». Un symbole étant toujours opérant, je ressentis alors l'enfer d'une certaine « immortalité », celle qui nous bloque dans nos histoires non terminée, celle qui ne nous autorise pas à poursuivre notre chemin.

Je compris surtout que la mort n'est que l'expérience des autres, de ceux qui regardent du dehors. Mais la mort est comme l'amour, on ne connait l'amour que quand on est soi-même immergé dedans.

Une fois les âmes tourmentées libérées, l'ambiance dans la maison changea radicalement et nous pûmes nous y étaler avec confiance, confort, légèreté et avec un amour et une reconnaissance infinie pour les disparus.

Comprendre et ne pas juger.

Versets issus de la Prophétie de Saint-Jean de Jérusalem

1er verset :

« **Lorsque commencera l'An Mille qui vient après l'An Mille**, l'Or sera dans le Sang. Qui entrera dans le Temple y rencontrera les marchands. Les souverains seront changeurs et usuriers. Le glaive défendra le Serpent. »

2e verset :

« Lorsque commencera l'An Mille qui vient après l'An Mille, l'Homme aura peuplé les Cieux et la Terre et les Mers de ses Créatures. Il voudra les pouvoirs de Dieu. Il ne connaîtra aucune limite. Mais chaque chose se retournera. Il titubera comme un roi ivre. Il galopera comme un cheval aveugle. Et à coup d'éperon, il poussera sa monture dans la forêt. Au bout du chemin sera l'abîme. »

4e verset :

« Lorsque commencera l'An Mille qui vient après l'An Mille, la faim serrera le ventre de tant d'hommes. Et le froid bleuira tant de mains. Que ceux-là voudront voir un autre monde. Et les marchands d'illusions viendront qui proposeront le poison. Mais il détruira les corps et pourrira les âmes. Et ceux-là qui auront mêlé le poison à leur sang, seront comme bêtes sauvages prises au piège. Et tueront et violeront et rançonneront et voleront. Et la vie deviendra une apocalypse de chaque jour. »

6ᵉ verset :

« Lorsque commencera l'An Mille qui vient après l'An Mille, le père prendra du plaisir avec sa fille, l'homme avec l'homme, la femme avec la femme, le vieux avec l'enfant impubère. Et cela sera aux yeux de tous.

Mais le sang deviendra impur. Le mal se répandra de lit en lit. Le corps accueillera toutes les putréfactions de la Terre. Les visages seront rongés, les membres décharnés. L'Amour sera haute menace pour ceux qui ne se connaissent que par la chair. »

7ᵉ verset :

« Lorsque commencera l'An Mille qui vient après l'An Mille, de faux messies rassembleront les hommes aveuglés. Et l'infidèle armé ne sera comme jamais il ne fut. Il parlera de justice et de droit et sa foi sera brûlante et tranchante. Il se vengera de la Croisade. »

11ᵉ verset :

« Lorsque commencera l'An Mille qui vient après l'An Mille, l'homme fera marchandise de tout. Chaque chose aura son prix. On troquera son corps comme un quartier de viande. On prendra son œil et son cœur. Rien ne sera sacré ni sa vie ni son âme. On se disputera sa dépouille et son sang comme une charogne à dépecer. »

13ᵉ verset :

« Lorsque commencera l'An Mille qui vient après l'An Mille, l'enfant sera lui aussi vendu. »

21e verset :

« Lorsque commencera l'An Mille qui vient après l'An Mille, les maladies de l'eau du ciel et de la terre frapperont l'homme et le menaceront. Il voudra faire renaître ce qu'il a détruit et protéger ce qui demeure. Il aura peur des jours qui viennent. »

22e verset :

« Lorsque commencera l'An Mille qui vient après l'An Mille, la Terre tremblera en plusieurs lieux et les villes s'effondreront. Tout ce que l'on aura construit sans écouter les sages, sera menacé et détruit. La boue submergera les villages et le sol s'ouvrira sous les Palais. »

28e verset :

« Lorsque commencera l'An Mille qui vient après l'An Mille, des contrées entières seront la proie de la guerre. Au-delà du limès romain et même sur l'ancien territoire de l'Empire. Les hommes des mêmes cités s'égorgeront. Ici sera la guerre entre tribus et là entre croyants. Les juifs et les enfants d'Allah n'en finiront pas de s'opposer. Et la terre du Christ sera leur champ de bataille. Mais les infidèles voudront partout défendre la pureté de leur foi. Et il n'y aura en face d'eux que doute et puissance. Alors la mort s'avancera partout comme l'étendard des temps nouveaux. »

29e verset :

« Lorsque commencera l'An Mille qui vient après l'An Mille, des hommes en multitude seront exclus de la vie humaine. Ils n'auront ni droits, ni toit, ni pain. Ils seront nus et n'auront que leur corps à vendre. On les rejettera loin des tours de Babel de l'opulence. Ils grouilleront comme un remords et une menace.

Ils occuperont des contrées entières et proliféreront. Ils écouteront les prédications de la vengeance. Et ils se lanceront à l'assaut des tours orgueilleuses. Le temps sera revenu des invasions barbares. »

« **Lorsque ce sera le plein de l'An Mille qui vient après l'An Mille**, les hommes auront enfin ouvert les yeux. Ils ne seront plus enfermés dans leurs têtes et dans leurs cités. Ils se verront et s'entendront d'un point à l'autre de la Terre. Ils sauront que ce qui frappe l'un, blesse l'autre. Les hommes formeront comme un grand corps unique, dont chacun d'eux sera une part infime. Et ils constitueront ensemble le cœur. Et il y aura enfin une langue qui sera parlée de tous. Et il naîtra enfin le grand humain. »

« Lorsque ce sera le plein de l'An Mille qui vient après l'An Mille, l'homme connaitra une nouvelle naissance. L'Esprit saisira la foule des hommes, qui communieront dans la fraternité. Alors s'annoncera la fin des temps des barbares. Ce sera le temps d'une nouvelle vigueur de la foi. Après les jours noirs du commencement de l'An Mille qui vient après l'An Mille s'ouvriront des jours heureux. L'homme retrouvera le chemin des hommes. Et la Terre sera ordonnée. »

« Lorsque ce sera le plein de l'An Mille qui vient après l'An Mille, des voies iront d'un bout à l'autre de la Terre et du ciel à l'autre bout. Les forêts seront à nouveau denses. Et les déserts auront été irrigués. Les eaux seront redevenues pures. La

Terre sera comme un jardin. L'homme veillera sur tout ce qui vit. Il purifiera ce qu'il a souillé. Il sentira toute la Terre comme sa demeure. Et il sera sage, pensant aux lendemains. »

38e verset :

« Lorsque ce sera le plein de l'An Mille qui vient après l'An Mille, chacun sera comme un pas réglé. On saura tout du monde et de son corps. On soignera la maladie avant qu'elle n'apparaisse. Chacun sera guérisseur de soi et des autres. On aura compris qu'il faut aider pour maintenir. Et l'homme après des temps de fermeture et d'avarice, ouvrira son cœur et sa bourse aux plus démunis. Il se sentira chevalier de l'ordre humain. Et ainsi ce sera un temps nouveau qui commencera. »

40e verset :

« Lorsque ce sera le plein de l'An Mille qui vient après l'An Mille, l'homme saura que tous les vivants sont porteurs de lumière, et qu'ils sont créatures à respecter. Il aura construit les nouvelles cités, dans le ciel, sur la Terre, et sur la mer. Il aura la mémoire de ce qui fut. Et il saura lire ce qu'il sera. Il n'aura plus peur de sa propre mort. Car il aura dans sa vie vécu plusieurs vies. Et la Lumière, il le saura, ne sera jamais éteinte.»

Table des matières